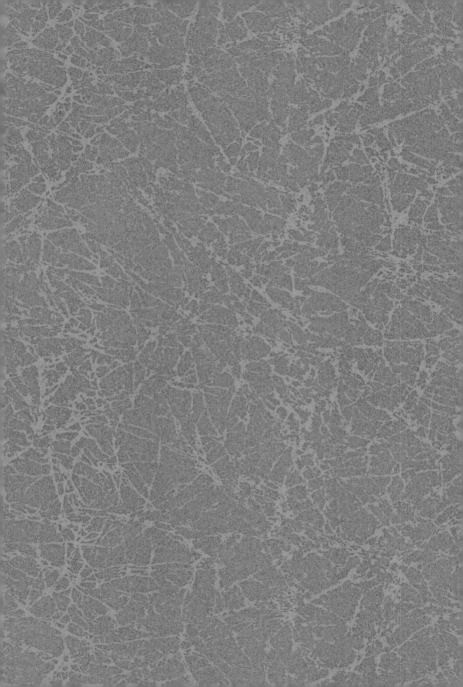

炎魔

左能典代

平凡社

炎魔

一

少し欠けた月が低い山の頂きから顔を出し、かそけき虫の鳴き声が山の端《は》から辷《すべ》り降りてくるように聞こえます。

山の頂きを幾らか離れた月が、じわりじわり朽葉色《くちばいろ》に変化していきました。見たことのない色です。

秋はいつも真っ先に木々の葉を黄色や紅に、月を純白にしてやってくるのに、それはあの国の秋で、この地はそうではないのでしょうか。

日のぬくもりをまだ微《かす》かに孕《はら》んだ風が、だだっ広い平地の土の匂いを伴ってひとつ吹いたとき、見渡す限り平らな、身を隠すところとてなさそうなここには、予想もつかぬ凄まじい闇が口を開けてわたしを待ち受けている、そんな気さえしてきたのです。これから暮らさなければならない故国の都なのに、十九年もの長い間留守をしたわたしの友は、唐土《もろこし》で共に学び遊び、同じ船で帰国したキビノマキビただひとりですから、初めて見た異様な月の色に敏感に反応してしまっただけならいいのですが……。

朽葉色の月が爆《は》ぜ、紫に色を変えました。怪しい色の訪《とぶら》いに驚嘆と不吉を併せて感じ、思わず景色から目を逸《そ》らし、開いたままの書物に目を落としました。唐土にいたとき、胡人《こじん》から手に入れた薬学書です。

紫の月に背を向けて、大安寺の僧房で薬学書に再度没頭しようとした矢先、いきなり男の声に邪魔をされ、顔を上げて見ると、キビノマキビが立っていました。いつ入ってきたのか、気づきませんでした。

「驚かすな」月の異様な色に冒されていたわたしは、高鳴った心の臓と同じ音量でマキビを怒鳴り返しました。

「おれは声を掛けたぞ。聞こえなかったのか」立て膝のマキビが悪びれる様子もなく言います。

「何の用だ」

「実はな……」と言ってから、だれかに聞かれたらまずいらしく、マキビは声を潜め、「大夫人《だいぶにん》を治癒せよとの命令が、おまえに下ったのだ」と耳元で囁《ささや》いたのです。

「どういうことだ」驚くもなにもありません。わたしはポカンとするばかりです。

格子の隙間から射し込む幾筋もの紫光がうねうねと妖しく、マキビの顔と胸元の白い生地を這っています。

「大夫人の病気のことは知っているな」

「三十数年間も病んでおられるということは聞いている」

「その病気をおまえが治すのだ」

「わたしに治せだと?」莫迦《ばか》も休み休み言えとばかりに突っ撥ねて、マキビを睨《にら》み返してやりました。

「命令だ。おまえは承知するしかないのだ」マキビは威圧的です。

「だれの命令だ」

「ウマカイさまだ」

にわかに信じられない名が、ひと呼吸おいたマキビの口からこぼれ落ちたのです。息を呑むように、ひと呼吸おいたのが気になりました。

「式家のウマカイか? なぜわたしに?」疑念が膨らみました。マキビはわたしより、むしろ自分を納得させるかのように、

「おまえしかいないからだ」と大きな目でわたしを見据えました。

式家はフジワラ四家のひとつです。ムチマロの南家、フササキの北家、マロの京家、ウマカイが当主の式家がフジワラ四家です。四家繁栄の礎《いしずえ》は今は亡き父親、フジワラフヒトがつくったものです。四人の息子たちはフヒトの亡霊におののき踊らされているという噂を、わたしは耳にしています。

「逆らわんことだ」覚悟せよという口調でマキビが言うのです。

強いフジワラ家の流れは、だれにも止められない。そのフジワラ家がおまえを指名したの

だ。西域の胡人から密かに仕入れた薬を試したいおまえにだって、これは好機ではないか。そうマキビが詰め寄るのです。

「余計なことを」わたしは床板に言葉をぶつけました。薬は使ってみたい。が、患者が大夫人ミヤコさまとなると、話は別です。

「おまえにしかできないのだ」マキビは必死です。マキビの形相からすると、わたし抜きのまま、既にウマカイに確約してしまったようです。もしもお治しできなければ、わたしの首を刎《は》ねる密約くらいは、ひょっとしたら交わしているのかもしれません。ミヤコさまは先の帝《みかど》モンム夫人であり、現帝ショウムのご生母、そのような尊い方の治療のために医師でもないわたしが何日も接触するとなれば、朝廷内のあれこれが知れる。そんな者を生かしておきはしないだろうと予測できるからです。

わたしに残された道は、治すことだけのようです。

「ウマカイの命令に間違いないのか」先のマキビの腑《ふ》に落ちないところが拭いきれず、しつこく訊き返しますと、

「なぜそう気にする?」マキビが政治に深入りするな、とわたしを制するように言ってきたのです。

「ミヤコさまの病気を恢復させよとの命令で、わたしは政治家のおまえと同じ立場に立たされることになる。まだ命が惜しいからな」

「そうか、わかった。命令されたのは確かにウマカイさまだ。しかしフヒトさまの後継者は長子のムチマロさまで、ウマカイさまは三男だ。このような重大な命令がムチマロさまではなくウマカイさまからだというのは、いささか妙ではあるな」奥歯に物が挟まった言い方をマキビがしたので、さらにわたしは、

「北家のフササキは皇族の政治体制を進めている。ところが南家のムチマロはフジワラの絶対的政治体制を目指しているというではないか。長男、二男が敵対しているこのとき、影の薄いウマカイからの命令というのは、どこか変ではないか」と語気を強めました。

「おまえがそんなに神経質になるとは予想外だった。おれも十分注意しておく」

そうマキビは言ってくれたのですが、四家のだれから発せられようと、フジワラ家の命令は絶対なのです。フヒトの亡霊が四人の息子に強い権力となってのしかかっているからです。影の薄いウマカイとはいえ、最高権力者のひとりです。その男とマキビは約束してしまったのです——ゲンボウなら治せると。

どのようないきさつからミヤコさまが帝モンム夫人の座に就かれたのか、真実はわかりませんが、ご結婚後数年で発病され、三十数年間廃人同様の暮らしをされていると、わたしの耳に入っていました。しかしミヤコさまが重病人であろうとなかろうと、わたしとは住む世界が違います。なのにマキビが「おまえは承知するしかないのだ」と切羽詰まった声音《こわね》でわたしを押さえ込むように言ってきたとき、ミヤコさまにまつわる陰険な闇が虫となってわた

しのうなじを這い上がり、じくじく刺激していたのです。なぜでしょうか――。

わたしは医師ではありません。一介の僧にすぎません。そのような者にミヤコさまの病気治療をさせる……。マキビは念入りに根回ししてウマカイに近づき、出世のため、わたしを利用したのでしょうか。四人兄弟の中で最も影の薄いウマカイに、なぜマキビは接近したのでしょうか。それともウマカイが途方もない野心を巡らせて、マキビを選んだのでしょうか。いったい何が、どうふたりを結びつけたのでしょうか。

マキビはわたしの親友です。親友のたっての願いなので断れなかったのではありません。承諾しなくても、ミヤコさまが重い心の病で廃人のようになっているという秘密を聞かされたその時点で、わたしの命はわたしのものではなくなったのです。そのことを覚悟せよ。マキビの言葉の真の意味を、わたしはそのように読み取ったのです。

わたしはミヤコさまの病気をお治しするよりほかに、生きる道を閉ざされてしまったようでした。宮廷医師たちの治療も効果がない。貴薬の効果もない。高僧たちの法華経ですら、ミヤコさまの容態を改善させることはなかった。ミヤコさまに取り憑《つ》いている悪霊を追い祓《はら》う加持祈禱も効果がない。神官による神々への祈りも聞き届けられない。そこでマキビがわたしに目をつけた……そういうことのようでした。

わたしの追及をかわし切れなくなったマキビは、こんなことを白状したのです。

十九年ぶりに唐より帰国したばかりのマキビを内密に呼び、「大夫人を治せる者をそなたは知っているか」と冷ややかな調子でウマカイが問うたのだそうです。

「この度、同じ遣唐使船で帰国した僧がおります。あの者なら可能かと」

「名は？」

「ゲンボウと申します」

「僧侶が医学を学んだのか」不審の表情がウマカイの目の周りにくっきり刻まれたのだそうです。

わたしは北国の貧しい百姓の倅《せがれ》で、家族の食い扶持《ぶち》を助けるために越前の小さな田舎寺の小僧になり、その寺から奈良の法興寺に入り修行を積み、十五年ぶりに派遣された第八次遣唐使船に乗せてもらった留学僧《るがくそう》にすぎませんので、ウマカイの不審は当然のことです。一方、マキビは優れた官吏です。この者なら、かの国の進んだ治療法を学んだ者を知っているはずだとウマカイは考え、マキビに接近したということのようでした。マキビは深く息を吐いてから宣言するように、

「医学ばかりでなく薬学もかなりかと」とわたしを売り込んだのです。

「留学僧が長安《ちょうあん》で仏教を学ばずか」

「いえ、宗教のことならなんでも幅広く学んだ秀才です」

「幅広くとはいかなる意味か」

「長安の都で広く受け入れられております西域の異教もしっかり見聞しております」

マキビは含みを持たせて、その場を巧みに収めたようでした。ウマカイは何事かを考えてから、

「病人の秘密を決して口外してはならぬ。わかっておろうな」と重々しい口調で念を押したのだそうです。

「ご心配には及びません」マキビは強い意志を込めて答えたそうです。マキビのきっぱりした口調に、この国の医師と僧侶たちが入れ替わり立ち替わり手を尽くしても一向に治せなかった大夫人の精神の病を、帰国したばかりの僧に任すほかないと、ウマカイは決心されたということでした。

三十数年間部屋から出ず、精神を冒された大夫人を「救え」との命が下されたわたしは、得体の知れぬ権力者たちの不気味な企《たくら》みに縛られていく……そんな思いを拭いきれませんでした。

重病患者のミヤコさまは、絶対権力者として国を運営した亡きフヒトの養女です。マキビは貴族の最高位にいる権力者のフジワラ家にこのときとばかり取り入って、政治家としての出世を図ったのでしょうか。

十九年間唐の都で、マキビは留学生《るがくしょう》として、わたしは留学僧として共に学び、よく遊んだ仲です。胡人の商店が建ち並ぶ狭いごみごみした街に真面目なマキビを連れて見聞させたのも、二度や三度ではありません。

長安に西域の文化が相当流入していたのにもかかわらず、胡人を快く思っていない唐人が多かったのは事実ですが、胡人から西域の知恵、技術、文化を学んでいたわたしは、胡人とのつき合いも大事にしていました。

「胡人の街や妓楼《ぎろう》に出入りするあなたを唐人は異端者と思うでしょうな。われわれの知恵や技術を便利に使っている唐人の本心は、実はわれわれを恐れているのだ。あなたも十分注意されることだ。実際、異国の留学生や留学僧はわれわれには近づかない。しかしあなたはここに来て、留学僧の本流から外れた知識や技術を身につけようとしている。胡人の世界にのめり込んで身を崩した僧を、おれは幾人も知っているのだよ」そのように老胡人が言ったとき、わたしの側にいたマキビは身を縮めていたものです。

ですからフジワラにわたしを推薦したマキビの胸の内を読めぬはずがありません。マキビがそうなら、わたしだってフジワラに近づき、朝廷内に勢力を広げたい。マキビが高位高官になり、わたしが僧正になれば、思いのまま、何でもできる。怖いものは消えてくれるだろう。

具合の良いことに、現帝は仏教にことのほかご熱心だ。これはこの国の宗教政策を一手にできる千載一遇の好機ではないか。

マキビはわたしを利用した。ならばわたしがミヤコさまの難病を利用して、なにが悪い。そのためにもミヤコさまを何としてでも治さなければ。

おれに運が近づいてきた兆しだ。おれはミヤコさまを治す。見通しの利かない妖しい呪縛のようなものからわが身を解き放つには、それしかない。先のわからない旅に出るようなものだが、実行するしかない。帰国船を襲ったあの嵐を潜り抜けたおれではないか。あれより恐ろしい出来事などあるものか。そう考えたとき、身の丈からはみ出るほど体が熱くなり、おれはミヤコさまを治す、と決心したのです。

寺の木々が葉音を立てて、ざわざわと揺れています。ねぐらに帰る鳥たちの重々しい羽音が響いてきます。羽音と葉音が交錯し、不気味な音の景色を撒き散らしています。漆黒《しっこく》の群雲《むらくも》が今にも紫の月を呑み込もうとしていました。

二

――天平六年（七三四）、生ぬるい風が吹く晩春のある日、およそ五百人の留学生、留学僧が四艘の遣唐使船に分乗して蘇州を出発、懐かしい故国日本に向かいました。長さ、およそ十四丈（約四十二メートル）、幅およそ一丈（約三メートル）の巨船に乗り込んだ者は、留学生、留学僧と乗員の合わせて百二、三十人、マキビとわたしは第一船に乗りました。この船にはほかに画師、鍛冶、鋳造技師、工芸品の細工師、医師、占い師、唐語、新羅《しらぎ》語、奄美語の通事《つうじ》（通訳）、二、三人の唐人、波斯人《はし》（ペルシャ人）が乗っていました。船員は船長を頭《かしら》に、舵を取る者、水手長《かこのおさ》（水夫長）、大勢の水手（水夫、漕《こ》ぎ手）、海賊の襲撃に備えての警護兵などが乗っていました。

わたしに不安が募りました。通事が乗っていたからです。順風に乗って無事故国に到着すれば、通事は要りません。が、遭難すれば、生きて唐に戻る者、新羅に漂着する者、奄美語を使う地域に打ち上げられる者に分かれるということで、それ以外は海底に沈む運命にあるのです。かれこれ九十年にも及ぶ遣唐使船の往還で学んだ備えでしょうが、この行き届いた配備に、却《かえ》ってわたしの神経が尖《とが》ってしまったのです。

同じ遣唐使船で入唐《にっとう》したアベノナカマロは乗船しませんでした。既に二十三歳になって入唐したマキビと違い、わずか十六歳かそこらで留学生として唐の都長安の土を踏んだナカマロが、なぜ同じ船で帰国しないのか。マキビは四十歳を過ぎているのに、ナカマロはまだ三十四歳です。次の帰国船は何十年先になるかわからない。ナカマロにとってもこの船は、帰国の最後の機会かもしれないのに。ナカマロは第二船か第三船か、別の船に乗っていたのかもしれません。

むろんわたしに確証などありませんが、だれよりも厚く皇帝玄宗《げんそう》に目をかけられ、信頼されていたらしいので、大唐《もろこし》で順調に出世していった優秀なナカマロを、皇帝が手放したくなかったのかもしれません。ナカマロは他の留学生とは異なる道を選び、歩んだ官吏です。大学に入り、卒業すると科挙の試験を受け合格し、唐の官吏として出世していきました。唐衣に身を包み、漢語を達者にこなして、唐の人間になりきっていたのです。

唐滞在中、年下のナカマロに結構助けられていたマキビですが、本心は面白くなかったようです。秀才マキビでもナカマロの頭脳には叶わなかっただけでなく、中央政界の名門出のナカマロに比べ、マキビは吉備の国の豪族出身です。マキビはナカマロを出世の強敵と見做《みな》し、激しい闘争心を燃やしていたのです。気になるその男が同じ帰国船に乗らなかったのですから、マキビの心中はさぞや凪《なぎ》のように穏やかだったはずです。が、ナカマロが帰国しないのは国家にとっては損害です。

順風を待って、ようやく蘇州の港を出航したのは乗船してから十日目のことでした。

航海はマキビの胸の内とは無関係に、順調ではありませんでした。海の色が青黒くなると、船はいきなり大波に何日も弄《もてあそ》ばれ、早くも船酔いでぐったりする僧が何人もいるありさまです。これまで遣唐使船の遭難は数知れず、一艘の船の生存者は僅かひとりという無念もあったようです。仏に仕える者だといっても、海の脅威を克服できるものではありません。生き残った者はひとりだったという実話を聞かされたときには、自分がそのひとりになりたいと、ほとんどの僧が願っていたことでしょう。わたしだってそのひとりになりたいと、心の奥底で念じていたものでした。

蘇州の港を出て二十日ほどが過ぎた夜のことでした。突然、船が激しく揺れ始めました。

水手は水手長の号令に従い、必死に艪《ろ》を漕ぐ。音声長《おんじようちよう》の打ち鳴らす太鼓に調子を合わせて、艪を漕ぐ。水手たちはだれもが口をきつく閉じ、歯を食いしばって艪を漕ぐ。叫びながら乗組員に何やら伝え回っている水手がいるが、ただ口をぱくぱく開けているだけにしか見えない。強風、大雨、大波の攻撃を受け続ける水手たちの体はよろけ、転び、だれかれとなく踏みつけ、押し退《の》けながら、慌ただしく動き回っていました。

数人の水手が麻布の帆を懸命に下ろしています。布帆です。これは網代帆《あじろほ》（竹を細く裂いて編んだ帆）の船より構造や性能が進歩している証拠だ。航海技術も高くなっているはずだ。布帆がわたしに告げています――おまえは助かる。大丈夫だ――。

さっきは乗船している通事に先先の不安を覚え、今は布帆に救命の光を見ている。祖国に帰る興奮で布帆に気づく観察力を欠いていたわたしは、下ろされていく帆を祈るように見詰めていたのでした。

わたしは自分の命にしがみついていたのです。この世は無常、無常が常態などという仏の教えなど、わたしのどこにも生きていませんでした。

水手長が「船を軽くしなければ沈む。重い荷物を海に捨てろ」と叫んでいるのが聞こえました。渡唐のときは、憧れの長安の都であれも見たい、聞きたい、手に入れたいと、素朴な情熱が全身に漲《みなぎ》っていたのです。そして長い歳月を費やして、仏典をはじめ貴重な品々を手にしたのです。それらを詰め込んだ櫃《ひつ》を、海に放り込める勇者などおりません。

たったひとつの命も、膨大な経典も、大切です。

経典は別の船に載せるべきだったのかもしれません。経典は国家に献上し、日本の未来を創る貴重なものです。なのに、必死に自分の櫃にしがみついている光景は、かけがえのない自分の命への執着心を剝《む》き出しにしているようにしか、わたしには見えませんでした。

船が大波を被り続けているので、海水を飲んで喉《のど》の痛みや嘔吐《おうと》で転がり苦しむ者は数知れず、あるいは船酔いで櫃に摑《つか》まる腕の力さえ尽きて、水に浮かぶぼろ裂《きれ》のような者が何人もいます。櫃と櫃の間に身を隠して震えている者もいます。

黒い巨大な波は、地獄への入口でした。後に続いているはずの船はどうなっているのでしょうか。転覆して沈んでしまったのでしょうか。目が利かず、知る術《すべ》もありません。第一次遣唐使船以来、無数の人と文物がこの海の底に沈んでいる。命といっしょに、学問が沈んでいる。夢が、未来が沈んでいる。沈んだ学問の重さ以上の新しい学問、文化の種を、生きて故国に帰った者は蒔《ま》いて花を咲かせなければならないのです……。

わたしの近くに蹲《うずくま》っていたひとりの男が、いきなり祝詞《のりと》を奏し始めました。男は住吉《すみのえ》の神に仕える主神《かんづかさ》のようです。航海の守護神に安全を祈るのが自分の仕事だと、生死の最中《さなか》で目覚めたのでしょうか。その姿を目にした留学僧が波と向き合い、数珠《じゅず》を盛んに繰って経を誦《じゅ》す。すると留学僧がまたひとり、さらにひとりとその数は増えていき、留学僧とカンヅカサの大音声《だいおんじょう》は獣のような唸《うな》り声となって、黒い大波と格闘を始めました。悪魔の舌さながらに迫ってくる真っ黒い波の圧力にもんどり打ってひっくり返った留学僧が何かの角にしたたか頭をぶつけたらしく、倒れたまま起き上がることができませんでした。気を失ったのです。

わたしはひたすら口をつぐんで、荷物を守るのに夢中でした。

暴風雨の恐怖に二日二晩おののき、船酔いの嘔吐で死人のように蒼白《そうはく》な顔が船を埋めていました。わたしの顔も蒼《あお》ざめていたかもしれませんが、酔ってはいません。

三日目の朝のことでした。さながら土中から芽を出し、白い花を咲かす植物のようにむっくりむっくり蒼い顔が天を仰いでいくのです。

船上の男たちの恐怖を掬《すく》い取ってくれる青い空が広がってきました。海は鎮まり、空に青が戻ったのです。もったいないほどたくさんの白い光が射してきました。これぞ住吉の神、誦経《じゅきょう》のご利益などと咄嗟《とっさ》に感謝する者はなく、だれもがまず自分の命と櫃の無事に胸を撫《な》で下ろしていたのでした。

「おまえの唐櫃は無事か」マキビが蒼い顔のまま、にじり寄ってきました。

「無事だ。そっちはどうだ」何が起ころうとこれだけは側に置いておきたくて、抱きかかえ守った櫃の上蓋《うわぶた》をポンと叩きました。

「全部無事だ」

「何が入っているのだ」海に沈まなかったマキビの櫃の中身に殊《こと》さら興味が湧きました。

「漢籍や楽器だ」

「漢籍は重要だが、楽器とは！」

五経、陰陽、算術、暦法、天文、音楽、書道など広範囲の貴重な書物を故国に持ち帰るとマキビは言っていたものですが、本当だろうか。

十九年間、唐の都で学問ばかりしていたわけではなく、いっしょに酒を飲み、妓楼で楽しみ、胡人の街へも足を向け過ごした仲です。ヤマトの政府からも唐の政府からも金が支給されていたので、遊ぶ金に困ったことはありませんでした。

マキビは用心深く、気が小さい。だから上手な嘘《うそ》がつけない。そういう男ですから、人に知られたくない文物を相当持っているのではないか。価値ある文物を朝廷に献上すれば注目を浴びる。そんな計算をしているのかもしれません。

「その櫃を抱きかかえているところをみると、国が喜ぶ仏典が詰まっているのだな」マキビはほんの少し顔の強張《こわば》りをほどき、おまえのも教えろと言うのです。

「仏典ではない」仏典はほかの櫃に仕舞ってあります。

「おまえは官費留学僧だぞ。仏典より大事なものとは何だ」マキビが呆れたような皮肉なような口調で攻め寄ります。

「医学、本草《ほんぞう》学に関するものだ。蜂蜜もあるぞ」海に投げ捨ててなるものかと夢中に守った品々は、故国の土を踏んでからのわたしの計画になくてはならないものばかりです。

「蜂蜜か！　あれは旨《うま》かったなあ。珍しい貴重な献上品だな」

「献上などしない。無駄に使われては困るからな」

「くすねるつもりか？　無事には済まないぞ」

留学僧の最も重要な仕事は、唐の仏典をできるだけ多く蒐集すること。なのにおまえは義務に違反している。帰国後、上からの批判は覚悟したほうがいい。そうマキビは忠告していたのです。

「おまえと違って、おれには競い合う者がいない」言い返してやりますと、マキビはその意味が即座に理解できたようで、唇をグッと咬《か》みました。マキビが気にしているのは、いずれ帰国するであろう同期生のナカマロの存在です。帰国すれば、年下のナカマロのほうが高い官職に就く。したがってナカマロがいる限りマキビの嫉妬心はやまず、落ち着かない日々が続くのです。

そのナカマロはマキビを端《はな》から相手にしていないようでした。むろんナカマロにとってわたしなど論外です。長安でも、妓楼にしょっちゅう出入りし、ナカマロには胡散臭いと映る胡人と交際しているわたしを見るナカマロの目は冷ややかで、口を利くのも穢《けが》らわしいという態度でしたから。

この櫃には小さな仏像と薬の材料と香料などがぎっしり入っています。

「おまえ、本当は仏教に興味がないのではないか」マキビが周囲を憚《はばか》って、ひっそり訊いてきたのです。

「仏教を極めるために学ばねばならない宗教があるのだ」マキビに心の内をさらけ出す必要はありませんので、探究心の強さを印象づけておけば害はないと考えて言ったまででした。

「ごまかすな。関心はやはり祆教《けんきょう》か?」マキビが的を射た口調で、わたしの目を舐《な》めるように見詰めました。

「そうだ。マキビも何度か見ただろ? あの激しい炎の宗教を。仏像などない。あるのは炎だけだ。火が本体なのだ。火を崇《あが》める宗教だ」

「わからん。さっぱりわからん」

「わからんでもいい。しかし見ただろ? 胡人の街で」

「ああ、おまえに連れていかれて、見た。あれには驚いたけどな」

「日本に祆教を広める。そうおれは決心したのだ」

「本気で言っているのか」

「国の援助があったから唐土で仏教を学び、学んだ仏教を広めるために帰国する。それが国への忠誠であり理屈だとおまえは言いたいのだろう? ほかの僧たちも、おまえと同じことを言うだろう。しかしおれの考えは変わってしまったのだ。尊い火の偉大な力を教える祆教を広める。それで帰る決心をしたのだ」わたしは低い声でくどくど喋《しゃべ》ってしまいました。

「じゃあ、仏像も持っていないのか」

「いや、ある」

「本心を隠すつもりでか」

「おれはそんな姑息《こそく》な手は使わない」

「では何のためだ」

「いい香りに惹《ひ》かれてな」

「香り？」

「白檀《びゃくだん》の仏像だ」

「それは貴重だ」妓楼で遊んでばかりいたのに、いつの間にかそんなものを集めて……、マキビは舌を巻いたようです。

「とにかく祆教の興味深いのはな、儀式のとき必ず桑や松などの木をゴウゴウ燃やす。火を神に供えるのだ。火を間近に拝んでいると、おれの中の厄介な異物が燃えて灰になっていく。陶然《とうぜん》となり、地上を浮遊しているような感覚になる。おまえもその感覚を味わっただろう？」

「おれはそんな気分にはならなかった。あの火が特別とはな……」

「あの火ではない。護摩《ごま》と言うんだ」

「しかし日本は仏教の力で国をまとめようとしている。知っているな？」

おまえは留学僧の規則を破ろうと企てている。白檀の仏像や護摩くらいでは、朝廷や貴族を満足させられない。出世の道が閉ざされてもいいのか。真剣に将来を考えろ、とマキビが論すのでした。

「優れた仏僧はたくさんいる。仏教はその僧たちに任せればよい」

唐土に行かなければ、わたしは平城の地のどこかの寺で、大した夢も持てず冒険もできず、日々を修行と心得て疑わず、ほかの世界があることも知らずに過ごすことになっただろう。

しかしわたしは、仏教、道教、祆教が、ときには互いに利用し合って国が治まっている途方もなく大きな唐土を知ってしまったのです。それはそれは巨大な地でした。あの地の者たちは六つも八つも目玉を持っているようで、生真面目な遣唐使たちのふたつの目には収まりきらない巨大な国だったのです。巨大な国の怪力を体験してしまったわたしは、小さな健気《けなげ》な虫なんぞになれないのです。

「おれは政治家だ。異教を広めるおまえを守りきれないかもしれない。困らせないでくれ」

長安の都が幾ら西域の胡風に染まっているからといって、西域の宗教が日本の国づくりの役に立つとは考えにくいと、マキビは懐疑的です。

空は晴れ渡り、空気が乾いてきました。どこからか漏れ漂う微かな芳香に、マキビが表情を一変させました。

「何の匂いだ？　どこから匂ってくる？」あたりを見回しながらマキビが訊きました。それはわたしの櫃からの香りでした。

「肉桂かな」わたしは適当に答えました。いろいろな香木の混じり合った香りが漂っていたのです。

「鼻にこびりついていた船酔いの生臭い臭いが消えたぞ。その櫃には香木も詰まっているのか？」マキビの目が生き返りました。

「肌にぴったりつけると、温もりと汗で良い香りが立ってくる香木もあるぞ」

「伽羅《きやら》か！」

「ほう、知っていたか。妓楼の女に教えられたか」わたしはからかいました。

「そんなところだ。その櫃の中身は貴重だな」

わたしは頷《うなず》き、唐土で思いを寄せ合った女を愛しむように、櫃を両手で抱いてみせました。

その後の航海も順調ではありませんでした。滝のように落下してくる大雨に襲われる日々が幾日あったことか。大波に持ち上げられ、海面に叩きつけられる船体がギギッ、ギシッと、聞いたことのない海の化け物の歯軋《はぎし》りにも聞こえ、船体がバラバラに砕けてしまう、と否応なく覚悟させられたものでした。次々に山のような波を生んでくる海にあれば、わたしたちの船など木の葉一枚に過ぎません。その度に水手長が「できるだけ荷物を海に投げろ」と繰り返し叫ぶのです。が、水手長の命令に従う者はいません。櫃を海に沈めるなど、唐土で過ごした長くて意味深い時間を捨ててしまうに等しく、惜しくて惜しくて、できる行為ではなかったのかもしれません。あるいは重い荷を持ち上げる力さえ、もうだれにも残っていなかったのかもしれません。

日照り続きに降る少しの雨は、渇いた喉には慈雨でした。腹が減れば、生米を噛む。碇《いかり》を上げたり下ろしたりして、漂流を食い止めながらの航海でした。碧海《へきかい》の遥か遠くに故国の島影を見たのは、蘇州を出発して五カ月が過ぎたときでした。

三

ミヤコさまに関する内密の命を受けてから数日が経ったある日、角髪《みずら》（男子の髪形）をきれいに整えたマキビがわたしを訪ねてきました。

「来てくれ」普段は多弁なマキビがそれだけ言うと、目で急《せ》かしました。

「どこへ行く」

「大夫人のところだ」

角髪に乱れがないのはそのためだったのかと知ると、わたしは普段用の僧衣を急いで脱いで新しい僧衣に着替え、マキビについてミヤコさまの邸宅に向かいました。ミヤコさまは太政大臣であったころのフヒトさまのお邸《やしき》の一室に引き籠ったままだと、歩きながらマキビはそう言っただけでした。マキビも詳しく知らないようです。

政治家として最高位にいたフヒトの邸は奈良の街の隅々まで見渡せる都の北の高台にあり、

その広さはまるで長安の王宮を思わせるほどでした。朱に塗られた柱が瓦葺き屋根を軽々と支えている立派な木造建築の邸宅は、貴族の典型的な住居です。

邸宅の正面に近づいたとき、マキビは歩行速度を心持ち落として、

「松林や竹林が見える。あそこを歩いていると、どこからともなく渓流のような快い音が聞こえる」と告げたのです。マキビは以前この邸に招かれたことがあるのです。それでもミヤコさまにお会いすることはなかった。女の住むところに男は立ち入れないのです。僧といえど、わたしは男だ。しかし医師の役目を負わされている上は、ミヤコさまを診《み》なくてはならない。宮廷の慣習を破らなければ治療はできない、などと考えていたわたしはフッとひとつ小さく息を漏らして、

「立派な薬草園ができるだろうな」と、フジワラ家の広大な土地を見渡しながらマキビに言うともなく呟《つぶや》きました。

「口を慎め」マキビが真顔で咎《とが》めました。

「一日中法華経を誦している僧が大夫人を治せたか?」

「宗教を今は問題にするな。おまえの医術が必要なだけだ」目的を忘れるな、というマキビの口ぶりです。胡人の医術、本草は祆教の中心にある教えなのに、帰国船上で、そんな異教に取り憑《つ》かれたおまえを守りきれないぞと突っ撥ねていたマキビの調子の良さに、こいつは政治家だなァと、わたしは内心面白く感じていました。

静かです。いい秋風が吹いています。豊饒の大地、まばゆい光、清らかな風に溢れるこの絶景の地でも、ミヤコさまの治療には何の効果もなかった。医師たちは見た目の症状に惑わされているのではないか。そのため、真の原因を突き止められなかったのではないか……。

しかしわたしとて、お治しできる保証はない。失敗すれば、わたしの未来はない。普及したい祆教も消滅する。いかなる方法を使おうと、わたしはミヤコさまを治す。悪魔の協力も拒まない――わたしは今一度、自らに強く命じたのでした。

お邸に到着すると、出迎えてくれた采女《うねめ》がマキビとわたしをある一室に通し、少し待つようにと言い置いて姿を消すと、ほどなく足音も立てず医官が現れ、わたしと向き合う恰好で腰を下ろし、挨拶もそこそこに、厳《おごそ》かな口調で話し始めました。

「大夫人は何年もの間、お言葉が不自由です。先の帝のこともお忘れになられております。親近者のお顔もおわかりにならないようです。医官、薬剤官の懸命の治療もいまだその効果を見ず、僧侶の祈禱も益なしという状態です。この度の遣唐使船で帰国された貴僧が進んだ医方書を持ち帰られたと聞きました。貴重薬もお持ちだと、キビノマキビさまから伺っております」。そこまで話して、医官は一旦口を閉ざしました。わたしは医官の言葉の途切れた隙を衝《つ》いて疑問や意見を述べることは、敢えてしませんでした。医官の矜持《きょうじ》にも関わりますので、控えなければならないと思ったのです。しかし、事はミヤコさまのご病気です。庶民の流行病《はやりやまい》とは違います。しかも「治せ」が上からの命令です。

医官は己の矜持と闘っているらしく、容易に口を開きません。そのとき、マキビがすかさず口を挟んだのです。

「この国の医療法も薬の処方もほとんどが初唐のものか、朝鮮を通って入ってきたものだ。古い医療法で治療をしなければならなかった医官殿の苦悩はいかばかりかとお察し申し上げる。この度、政府はようやく医局と薬剤局を設置した。その充実を図るためにも、最も進んだ治療法を学び、薬に関しても専門の教育を受けた僧ゲンボウに力を発揮させるのが良いのではありませんか」

さすが政治家です。医官の立場に傷をつけない程度にマキビは法師のわたしを持ち上げたのですが、わたしを専門家呼ばわりするマキビはフジワラに大口を利いて約束をしてしまったからで、何としてもミヤコさまをお治ししてくれと、本心はわたしに懇願しているということのようでした。マキビが大きな口を叩いたのは、嵐がやんで遣唐使船が青い空に包まれたとき、水手長の命令を無視して守った櫃から漂う芳香をかいで船酔いが治まり気分が爽快になった経験から、わたしの櫃には貴重な薬が詰まっていると確信したからに違いありません。

「心強いお話です。是非とも大夫人の病気をお治しください」と医官が頭を下げました。マキビの演説の成果です。

「ひとつお伺いしておきたいことがございます」わたしは初めて口を開きました。

「何か?」医官は表情を堅くしました。

「大夫人の発病の原因を何とお考えでしょうか」

「しかとはわかりませんが、ひどい難産でございました。引き金になったのは、ひょっとしたらそれかと……」帝モンムとミヤコさまのお子、オビトノミコ（現帝ショウム）の出産は稀にみる難産だったようで、そのとき以来ミヤコさまの心の状態がおかしくなったと医官は診断しているようでした。

「大夫人がご結婚されたのはお幾つのときで？」わたしがマキビと共に入唐する二十年前におふたりは結ばれたわけでして、めでたいその祝典をわたしだって存じてはいますが、身分の低い修行中の身に詳細など知り得るものではありません。

「確かなお年は存じません。十三とも十六とも聞いております……」医官は言葉を濁したのです。ミヤコさまは亡きフヒトの女《むすめ》です。なのに何歳でモンムと結婚したのかわからないとは不可解です。フヒトは重大な事実を隠したまま死んだ……。そう疑わないわけには参りません。が、今その話を医官にぶつけても、良いことはありません。

「治療にあたり、お年は重要かと」わたしはやんわり言葉を繋げてみました。

「何と言われましても……」医官の額に汗が滲《にじ》んでいました。仮にミヤコさまが十七歳でオビトノミコを産んだとすれば、五十歳になられる。わたしよりひと回りほども上か……。

「三十数年間もお部屋からお出にならず、男といえば医官殿に会うだけ。わが子、帝のお顔もご存じないということですか」男の影がない女盛りはいかにもさみしい。しかし医官は清《す》

まし顔で、

「さようでございます」と言うだけでした。

「わたしが大夫人の治療を始めましたら、どなたも決してお部屋にお入りになりませんように。お約束ください」

医官は首を捻《ひね》り、黙り込みました。新知識を持って唐から帰国した僧といえども、そのように言われるのは不愉快千万。新しい治療法をこの目で見たい。医官の沈黙がそう雄弁に語っていました。そのとき、また、マキビが割って入りました。

「あなたの名誉とわたしの首が懸かっているのです。われわれが助かるためにも、すべてゲンボウに任せるより方法はないかと」フジワラの権力をちらつかせれば、医官など簡単に屈服させられるのですが、マキビはその手は使いませんでした。医官たちが結束して、陰湿な手段でわたしの邪魔をするかもしれないと予想し、あなたの名誉回復と自分の首を繋ぐためにも、最新の医学を学んだこの学問僧に委《ゆだ》ねようと説得したのです。これには医官も逆らえず、「わかりました」と声を絞り出し、承知したのです。が、その視線は鋭く、わたしを突き刺していました。

「ではさっそく大夫人のお部屋にご案内ください」わたしは医官に深く頭を下げて立ち上がりました。

「わたしは失礼する」マキビは医官に軽く頭を下げ、それから何かを伝えるようにわたしを見据えると踵《きびす》を返し、大股に去っていきました。

医官は無言のまま、わたしの前を歩いています。長い廊下を左に一回、また一回曲がって足を止め、「大夫人のお部屋です」と袖口からそっと覗かせた右手でそう告げました。

部屋は広い造りで、青と紫の暈《ぼか》しに染めた帷《とばり》が間仕切り風に垂れ、その向こうに座っているミヤコさまが淡い影のように見えました。帷を手で軽く除《の》けながら奥に進むと、わたしの目にきらびやかな調度品が飛び込んできました。紫檀《したん》の箱を飾る花と動物文様は螺鈿《らでん》、鏡箱と鏡台は精巧な象牙《ぞうげ》と銀細工、鳳凰《ほうおう》が翔《と》び、天女が舞う織物の屛風……、わたしは長安の妓楼に足を踏み入れたような錯覚に陥りました。

「脈を診《み》てわたしは下がります」医官がミヤコさまの前にススッと進み出ました。役目上、形だけでも脈診をしておきたかったのでしょう。わたしは医官の後ろに座りました。部屋の隅に座っていた侍女が背中を丸くして、ソソソッと摺り足で外に出ました。

板壁にもたれるように右肩をつけて座しておられるミヤコさまは痩せ衰え、長い髪は乱れ、顔は蒼白、落ち窪んだ両の目は微かながら開いていますが、何も見ていないようでした。一切の装いのないミヤコさまは決して美しいとは言えず、かつての妃なら備えているであろう気品などどこにもなく、老婆がひとり、分不相応な部屋にいるのです。

医官はミヤコさまの右手の脈を取りました。ミヤコさまは目の前の医官が目に入らないらしく、ぼんやりした眼差しは捉えどころがありません。わたしは抜け殻のようなミヤコさまをただ黙って見詰めるだけでした。そのときです。わたしの脳裡《のうり》を次々と想念が通りすぎていったのです。

——ミヤコさまはなぜ皇太后の尊称を戴かず、大夫人と呼ばれているのだろうか。ミヤコさまと結婚したモンムは弱冠二十五歳で崩御、ミヤコさまは廃人同様の身となった。お子が生まれた六年後の出来事だったのです。モンムの後を継いで即位したのがモンムの母君のゲンメイ。そして八年後に退位するとモンムの姉ゲンショウが即位、わたしとマキビが遣唐使船に乗って入唐したときでした。女帝ふたりを中に挟んだのは、オビトノミコの成長を待っていたからでしょう。だれが、なぜ、ミコの成長を待ったのか。それはフジワラフヒトだ。ミヤコが産んだミコが帝になる日が、朝廷とフジワラの直結する日……それをフヒトは待っていたのだ。

気になるのはミヤコさまの出自です。フヒトをおいて真実を知る者はいないらしく、だれもが言葉に詰まるのです。わたしとマキビが入唐した三年後にフヒトは死去、それから四年経ってようやくオビトノミコが帝ショウムとして即位したのです。廃人のようになってしまった母親の顔を知らない帝は、自分を産んでくれた女として夫人の上に大を載せ、「大夫人」という新しい尊称を創り与え、即位の報告に代えたのではないか……。そう考えれば、ひとまずの筋は通ります。むろん、わたしゲンボウの勝手な想像ですが。

医官がミヤコさまの右手を静かに下ろし、体の向きを変え中腰に歩いてわたしの前に座り、診断結果を伝えてくれました。

「脈は微弱、弦脈《げんみやく》と浮脈《ふみやく》も出ています。ここのところ風邪を引かれているようで、浮脈はそのためでしょう。腸が弱っておりますのでお体は冷たく、腎が働かないため排泄《はいせつ》機能は衰え、常に疲労感に襲われているのは肝の硬直が原因です。弦脈はそのためです。とにかく気が盛んにならないうちは、大夫人のお体は陰のまま、決して陽は現れないでしょう」

陽の気が活発になり、陰の気と拮抗しなければ、病が治癒することはない、と医官は断言しているのです。

「睡眠はどうですか」

「夜は二時間くらいで浅いようです……。昼寝もなさらないようで……」

医官の見立ては通り一遍で、最早古い。が、わたしは診断を批判する立場にありません。けれど、薬のことは聞いておかなければなりませんでした。

「薬 司《くすりのつかさ》はどこから薬草を得ているのですか」薬の入手経路は重要です。

「大宰府《だざいふ》からです。唐に注文した薬は大宰府に着き、都に届きます」医官はわたしの腹を探るような口ぶりです。

「ご苦労なことです」労をねぎらう口調で短く反応し、薬に関する質問をわたしはそれ以上続けませんでした。薬を唐から取り寄せるまでは良いにしても、注文内容が問題です。どんな薬を注文するか。それこそが医師と薬師《くすし》の能力なのです。

わたしは床に両の手をついて頭を下げ医官に礼を尽くすと、医官は自分の仕事は終わったというように、ゆっくり立ち上がり退出しました。

わたしは長いことミヤコさまのお側に座っていました。ひとことも言葉は発しませんでした。ミヤコさまは板壁を離れ、ふらふらと屏風に近い床に体を横たえました。背中をわたしに向けて。常ならば、侍女がミヤコさまのお側に屏風を立て仕切りを設けるのでしょうが、今は侍女がおりません。むろんわたしは、ミヤコさまとわたしの間に仕切りを立てるつもりはありませんでした。

ミヤコさまのお部屋の東側の格子が一枚開けられ、西側の隅の半蔀《はじとみ》は閉じられていました。わたしは立ち上がって、そっと半蔀を開けました。外はほどほどの太さに生長した孟宗竹の青い林で、静まり返った室内に、淡い秋の光が斜めに射していました。

光を伴って半蔀から入ってくるまろやかな風が部屋の古い空気を絡め取りながら、格子の外に連れ出すように流れていきます。そろそろおいとませねば。

釣瓶《つるべ》落としの秋の光です。空気が入れ替わったころを見計らって半蔀を閉め、伏しているミヤコさまの背中に向かって座し、

「ミヤコさま、失礼いたします」大夫人ではなく、敢えてミヤコさまと声を掛けて立ち上がりました。廊下へ一歩踏み出したとき、食事を運んできた女官と出くわしました。わたしは咄嗟に、ミヤコさまからは見えない位置まで女官を後ずさりさせて訊きました。

「いつもそなたが運ぶのか」

「はい」

「食の進み方はどうか」

「お召し上がりになりましても、ほんの僅かです」

「食事中、何か話をされるか」

「いいえ。でもいつでしたか、何か呟《つぶや》かれたことがございます。お言葉には聞こえませんでしたが……」

「意味のわからぬことを呟いたと申すのだな」

「はい……」

「今夜の食事は何か」

わたしは杉の台盤に並んでいるミヤコさまの夕餉《ゆうげ》を点検しました。女官はかしこまって俯《うつむ》いています。炒《い》った胡桃《くるみ》、酥《そ》（チーズのようなもの）、楚割《そわり》鮭（鮭の肉を細かく切り干したもの）、宇毛《うも》（里芋）の蒸し物の四品に、魚醤《シシビシオ》を添えた玄米です。胡桃は栄養豊かな精力を補強する実で、害はない。疲れにくい体をつくるのに鮭は役に立つ。ミヤコさまに害はない。しかし玄米はいけない。衰弱した胃は、堅い穀物を消化しない。

これからはミヤコさまの食事内容を吟味しなければならないな、と思いました。料理人の協力が必要なので、これはマキビに手を回してもらわなければ叶わない仕事になりそうです。

「玄米と魚醤はお出ししないほうが良い。外して、ここに置いていきなさい。下げるとき、いっしょに下げなさい」女官が玄米と魚醤を廊下に置くのを見届けると、わたしは足早に邸の出口に向かいました。

四

わたしとマキビはしょっちゅう密談のときを持ちました。わたしたちは互いに手を組まなければならない運命になってしまったのです。

ミヤコさまを治療する上で必要な情報を集めてほしいと頼んでおいたことを調査して、マキビがわたしを訪ねてきたのは、ミヤコさまに初めてお会いした日の翌日でした。

「早いな」仕事が早いのは才能のひとつです。わたしは褒め言葉を贈りました。

「これしきのこと、大したことではない」

「ミヤコさまにどんな薬が与えられていたのだ？」わたしはさっそく訊きました。

「甘草《かんぞう》、人参、枸杞《くこ》、葛根《かっこん》、麻黄《まおう》、大黄《だいおう》など、およそ二百種の薬物から選んでいるそうだ。どれも『神農本草経《しんのうほんぞうきょう》』にある伝統的な薬物に限っているということだ。主に寒熱や邪気を取り除く薬物を中心に煎じているようだが、調合を間違えれば、毒になるものもあるらしい。

それがわからないまま三十年も服用させれば、病を治すどころか廃人にしてしまう。考えられることだ」マキビは自分の意見を交ぜながら、ときどき重苦しそうな表情を浮かべて報告してくれました。唐土にいたときに『神農本草経』を写し、それを持っているわたしは、『神農本草経』にある鉱石がこの国にあるのか」とマキビに訊いてみました。

「ないそうだ。類似物を探して与えていたようだ」

「物騒だな。甘草、人参、枸杞などは上薬《じょうやく》だから毒はない。良いのはそれくらいだ。ほかの薬物は調合がむずかしい。医術は何を頼りにしているのだ？」

『黄帝内経素問《こうていだいけいそもん》』だ。どういうものだ」聞いたことがあるような、ないような、というマキビの口調です。

「万物に陰陽があるように、あらゆる病を陰陽の原理で診断するのだ。かいつまんで言うと、病は栄養、疲労、喜怒哀楽の不均衡によって起こる。さらに冬季の寒さは毒となって五臓を傷《やぶ》り、あらゆる病はそこからも生じる。そうした疾病《しっぺい》をまとめて傷寒《しょうかん》と呼んでいる、そういう医術書だ。わが国の医術はここで行き詰まっているのが、おまえの調べでわかった。ミヤコさまが一向に恢復されなかったはずだ」

「おまえはどんな薬を考えているのだ」

「まだわからない。しかし薬司《くすりのつかさ》のものでは間に合わない」

『神農本草経』と『黄帝内経素問』では古いのか？」マキビが困った表情で言います。

「ああ。百年経っても治らないだろう。漢人の伝統的な医方は漢、隋、唐の医書からだが、古いところがある。それを教えてくれたのが胡人の治療法だ。胡人の治療法には、波斯《はし》の治療法が混入している。そのことをわが国の医官と薬師《くすし》はまだ知らない」

唐の薬学、医学の中心は陰陽五行思想と神仙思想で、薬物を甘、酸、苦、辛、鹹《かん》の味で分類しています。その関連書物は、甘味は肉を養うが、摂りすぎれば脾《ひ》の気が盛んになりすぎて腎の気を奪い、血を泥のようにする。酸味は骨を養うが、摂りすぎれば肝の気が盛んになりすぎて脾の気を奪い、消化不良を引き起こし、耳や言語の障害を導く恐れがある。苦味は気を養うが、摂りすぎれば心気が盛んになりすぎて肺の気を奪い、死を招き寄せてしまう。辛味は筋肉を養うが、摂りすぎれば肺の気が盛んになりすぎて、怯《おび》え、悲嘆に暮れ、鬱になる。鹹味《かんみ》は脈を養うが、摂りすぎれば腎の気が盛んになりすぎて心の気は衰退し、心身衰弱になり、発狂する、と記しています。が、西域との行き来が活発になると、長安や洛陽《らくよう》の都に波斯国の医術といっしょに薬草も入ってきて、唐の医術、薬学に大きな影響を与えたのです。

波斯の治療法をも取り入れた胡人の治療法にミヤコさまの病を治す鍵がある。一刻も早くその薬を見つけ、使ってみたい。わたしの心の臓が激しく高ぶりました。

「苦労して持ってきた薬が使えるのだな」マキビが期待を露《あら》わに言います。

「足りない植物がある。それが何か、今ははっきり言えない。それがわかったとき、手に入れなければならない。これは大仕事になるだろう。おまえが調べてくれたので、都周辺にはなさそうだということがはっきりした」

「どんな植物だ」マキビが一歩進み出て聞き出そうとするので、

「そう焦るな。そもそも漢代、唐代の医学書で、ミヤコさまのような症例を読んだ記憶がないのだ」

こいつ、教えない気だなという顔をつくってから質問を変えて、これなら教えてくれるだろうという言葉遣いで、

「おまえは大夫人《だいぶにん》のどこを最初に治療するつもりなのだ」と迫るのです。

「丹田《たんでん》を養えば精がつく。腎を強くすれば水は清らかに澄み、流れる」

「丹田と腎か。根拠はなんだ」

「産をされたのちずっと言葉を発しない。行動もおかしい。三十数年間も臥《ふ》せっておられるのは長すぎる。異常だ。これは世にいう産後の病で片づけられるものではない。この国の医官が想像できないところに真の原因がある。きっとある」マキビの問いに答えながら、次第にわたしは自らに言い聞かせていたのです。

長安滞在中、マキビはわたしに連れられて胡人の街に出掛け、そこで西域の治療法を少しばかり覗いているので、丹田と精力の関係や腎と水の関係を知らなくはないのですが、総《すべ》ての臓器を正常に働かせるには、どのような薬を処方するのかなどの知識はないのです。むろん、マキビに話すつもりはありません。知れば、マキビはフジワラのだれかにうっかり口走

らない保証はないからです。フジワラが知れば、医官や薬師に伝わるでしょう。そのときの医官と薬師の驚愕の後に現れる不信感や抵抗とわたしは闘わなくてはならない。そんな手を焼く争いに、時間を使いたくありません。マキビは知らないほうがいいのです。

それよりも、ミヤコさまはどういうわけで大夫人と呼ばれるのか、ずっと前からわたしの胸に刺さっている棘《とげ》を取り除きたい。その疑問を口にしますと、

「治療に必要か」とマキビが訊くのです。

「心の問題と関係があるはずだ」

「気が病をつくるということか……?」

「そういうことが無視できない場合がある」

おれが知っているのはな、と前置きして、視線を天井に向けたり床に落としたりしながらマキビが話すには――。

生まれつき病弱で後継者として危ぶまれたモンムが見初《みそ》めた方がミヤコさまだった。野性的な美しい女性だったようだ。病弱なモンムに子は望めないだろうとだれもが案じていたようだが、ミヤコさまは男子を出産された。その子がオビトノミコ、現帝のショウムというわけだ。これはモンムの大手柄だ。とりわけ喜んだのが、曾祖母の女帝ジトウだったらしい。ジトウは、名実共に帝にふさわしいのはこの子しかいないと溺愛したようだが、翌年にジトウ崩御、その五年後に帝モンムも死去した。オビトノミコはまだ七歳、即位するまでの繋ぎ

にふたりの女帝を立てた。ひとりがジトウの妹でモンムの母のゲンメイ、次がモンムの姉のゲンショウだ。この三人の女帝に溺愛され、甘やかされて育った。そのためかどうかはわからないが、顔の蒼白い、痩身で手の指が白くなよなよしたショウムが皇太子として初めて政務に携わったのは十九歳と遅い。

ところがだ、それ以前にフヒトの女《むすめ》アスカベヒメと関係を持ち、女の子をもうけていた。やがて皇太子はアスカベヒメを妻に迎え、これでフヒトの朝廷支配は強まった。フジワラの日本支配は一層強固になったと言っていい。

事実かどうか疑わしい長いマキビの話を聞きながら、ミヤコさまの病気をフジワラはなぜ治療させたいのか、わたしはますますわからなくなりました。あれやこれやの考えを頭の中でぐるぐる巡らせながら、わたしはショウムのために、ミヤコさまの病気を治そう。フジワラのためでなく……。帝は敬虔《けいけん》な仏教信者だ。治せば、わたしに僧正《そうじょう》の地位がくる……そう考えていました。

一方で、胡人の治療法のどれをミヤコさまに応用すれば良いのか、結論を出せずに、処方の間違いで死なせてしまう恐怖に怯え、背中に冷たい汗が流れていました。

それでも試みなければ……。命を懸けて治療に当たらなければ……。

自分を追い込んでいったそのとき、いきなり調べたいことが頭の中を駆け回ったのです。

肺には糯《もちごめ》、牛の肉、棗《なつめ》が必要だ。腎には大豆が必要だ。肝には犬の肉が必要だ。脾には鶏の肉が、胃腸には鴨《かも》の肉が、心の病には麦、羊の肉が……。しかしこの国に羊はいない。牛の肉はありそうだが、犬の肉は食わない。さて、どうする？

一刻も無駄にはできない。

「急用が出来た」と言ってわたしはマキビと別れ、慌ただしく大安寺に戻り、唐から持ち帰った書物の中から数冊を探し出して読み漁りました。唐滞在中、幾度となく目を通した書物ですが、今は必死さが違います。ほしい記述が次々に飛び出してきて、わたしの頭にビシビシ入ってきたのです。

五

わたしはミヤコさまの料理人を大安寺のわたしの部屋に呼びました。どのような食事を供しているのか、知る必要があったのです。

料理人は部屋の隅に縮こまって座っています。

「そう堅くなるな」

おずおず上げた料理人の人相に、思わず笑みがこぼれました。丸い顔、長いどっしりした鼻、ぷっくり膨れた鼻孔、堂々とした厚い唇。匂いも味も逃しはせぬといったつくりです。

瞳は瑞々《みずみず》しく、向学に燃えているようです。何とも大雑把なこの顔に、わたしは好感を持ちました。唐土の妓楼で曲芸師がつけた木製の愛嬌たっぷりの面を思い出してしまったのです。

わたしは気づかれぬように笑いを鎮めてから、料理人に、

「大夫人の食事だが、どのようなものをお出ししているのかな」と尋ねました。

料理人は時季の魚と野菜が主だと答えました。

「どのような魚か、時季に関係なく答えてくれ」

「鰹《かつお》、鮭、川魚などです。蛤《はまぐり》もお出ししております」料理人は訝《いぶか》しげです。

「鰹はいつの時節のものを、どのように調理してお出ししている?」

「青葉の時節と秋のものを焼いてお出ししています」料理人が小声で答えます。

「鰹は水っぽい魚で足が速い。皮つきのまま藁火《わらび》で焼けば腐敗を防ぎ、魚毒は消える。そなたの料理を聞いて安心したぞ」

「ありがとう存じます」料理人は初めて頬の筋肉を和らげ、厚い唇をにゅっと横に伸ばして喜びを表現しました。

「蛤だが、どのようにして新しいものを選んでいるのかな?」

「伊勢のほうから届きますので、そのまま焼いております」

「調理する際、必ず両手に貝をひとつずつ握り、貝と貝を叩くのだ。金属音を発すれば新しい。新しい蛤は昆布を入れて煮立て、塩を少し加えて、貝が全部開いたら良い。古い貝がひ

とつでもあると、味は台無しになる。春になったら、そのようにして汁を作ってくれ」

「良い料理を教えていただきました。春が楽しみです」

「伊和志《いわし》はどうかな？」

「大夫人にはふさわしくない魚です。お出ししたことはありません」

伊和志は賤《いや》しい魚、高貴な方は召し上がりません、と料理人は説明を加えました。

「そうか、賤しい魚か。野菜はどうかな？」

「蕗《ふき》、秋葱《あきき》（葱《ねぎ》）、百合根《ゆりね》、宇毛《うも》（里芋）、蓴菜《じゅんさい》、笋《たけのこ》、於朋泥《おほね》（大根）などです」

「大蒜《にんにく》、薑《はじかみ》は使わないのか？」

「薬司から使わないようにと……」

「どうしてだ」

「存じません」

「芹《せり》も薬司から禁止令が出ているのか？」

「さようでございます。貧者の食べものです」小川の辺などで摘めるようなものは貴族の食べものにしてはならない、そう命令されていると料理人は説明しました。

「では、穀物はどうか」

「米、赤小豆《あかつき》（あずき）を主に……」

「うむ。調理法も聞いておかなければならない」わたしは料理人の瑞々しい目を見据えました。料理人の肩に力が入り、緊張のせいか、強張《こわば》った目でわたしを見、口は閉じたままです。料理人を追い詰めてはいけない。穀物は後回しにし、

「於朋泥と昆布はあるか」と訊きました。

「はい」

「では、言う通りに調理してほしい」

「かしこまりました」

「鍋の底に昆布を敷き、その上に厚く切った於朋泥を載せ、清《す》んだ水を鍋いっぱいに入れ、火に掛けてくれ。火は文火《ぶんか》だ。決して武火《ぶか》にしてはいけない」

「文火でございますか？」料理人は腑に落ちない口振りで訊き返したので、わたしは、

「そうだ。イライラする炊き方だ」ときっぱり言いました。料理人が苛立《いらだ》つほどの弱火で炊くのだが、料理する者が短気になったら料理はできないと諭《さと》しますと、

「何時間もかかります。それでもよろしいのでしょうか？」と自明を問うのです。

「それが大事だ。於朋泥の形が崩れそうなほど柔らかくなったら火から下ろして、静かに冷ましながらひと晩置く。次の朝もう一度火にかけ、温かくしておくように。秋は甘味が必要だからな。於朋泥の甘さは病人に良いのだ」

「そのような調理をしたことがございません。なぜ病人に良いのか、教えてください」料理人は興味と、まだ少し不審の解けない表情で問うてきたのです。

「わしは長年、唐土にいた。唐は料理が豊富で、優れて旨《うま》い。わしはいろいろな場所に出入りしてな、作り方を学んだのだ。ふたつの材料を文火で炊き合わせるとな、短を補い合って長となり、そこに旨さが生まれるのだ。旨いのは何より大事だ。旨ければ、気が盛んになる。気は血に随《したが》って運《めぐ》る。気が滞《とどこお》れば、血が妄行《もうこう》する。於朋泥を長時間煮れば胃を助け、栄養は血に随って体中に運る。唐土では、これを母の味と呼んでいる」わたしはゆっくりゆっくり嚙み砕いて料理人に説明しました。料理人の目に輝きが生まれています。

「これからはわしとそなたで大夫人に料理を運ぶ。良いな」

「承知いたしました。ひとつ、お願いがございます。唐土の料理を教えてください」料理人は床板に額をつけて乞うのです。

「構わんが、材料が乏しい。しばらくは先ほどそなたが申した食材をせいぜい使って、大夫人に食べていただく。頼むぞ」ミヤコさまと呼ばず、敢えて大夫人と言ったのは、わたしの役目はおまえと同じなのだ、そう心してほしかったからです。わたしはこの料理人の信用を勝ち取り、味方につけておかなければなりませんでした。

「もう一品、作ってくれ。赤小豆四十九粒を砕き、残さず入れて粥《かゆ》を作ってほしい。胃の負担にならぬように、十分に柔らかく煮るのだ。良いな」

「なぜ四十九粒なのでしょうか」

「さあ、なぜだろうかな。わしによくめしを食わせてくれた女《ひと》の教えだ。その女をわしは唐土の母と呼んでいたのだ。食いすぎないための戒《いまし》めに言う数かもしれんな」

いい加減なことを、という眼差しをわたしにちらっと向けてから、料理人は生真面目な口調で、

「赤小豆はどう体に良いのでしょうか」と訊くのです。料理人は食べものと体の関係に興味を持ち始めたようで、わたしはこの男に、学んだものをできるだけ伝えておきたくなりました。

「赤小豆粥はな、腎を動かす力があるのだ。腎が動けば小便がよく出る」

ミヤコさまの小便がおかしかったのか、料理人の口から小さな笑いがこぼれました。

「今ひとつ大事なことがある。左側に於朋泥を置き、右側に赤小豆の粥を置くように。それを二膳用意してくれ」

料理人は首を捻りながら、

「それはどういうことでございましょうか」と問うたのです。

「わからぬか?」

「一向に……」

「実はな、わしもわからぬ。ただ、主たる料理は左側に、脇役は右側に置いたほうが、どういうわけか旨いんだよ。天の運行に関係しているのかもしれん」

「……膳をふたつご用意するのは?」どうにもさっぱりわかりませんという落ち着きのない

表情で、もたつきながら訊いてきました。

「ひとつはわしのだ。いっしょに食べる」そう言ってわたしは笑いました。

この坊主、めっそうもないことを、と言わんばかりにわたしを見詰めましたので、言ってやりました。

「飯はな、ひとりよりふたりで食べるほうが旨いのだ」

料理人の顔がさっと蒼ざめました。高貴な女が男と膳を共にするなど、あってはならない。なのにこの僧は儀礼を平気で破ろうとしている。フジワラさまに知れたら、ただでは済まないだろう。蒼ざめた顔がそう言っているのです。

「案ずるな。そなたに迷惑はいかぬ。明朝は、そなたが大夫人の膳を運ぶのだ。わしの膳はわしが運ぶ。十分に火を入れておいてくれ。頼んだぞ」

料理人は背中に不安の影を載せながら、引き下がっていきました。


翌日の朝、料理人は文火でじっくり煮込んだ於朋泥と赤小豆四十九粒を潰《つぶ》して入れ、長時間煮た粥の膳をふたつ用意していました。わたしと料理人はひとつずつ膳を手にし、ミヤコさまの住まいに向かいました。料理人はわたしの後ろを静かについてきます。

ミヤコさまの部屋の前に女官がひとり、わたしの到着を待っておりました。わたしは料理人に、その膳を女官に、と申しつけ、料理人を下がらせました。

「その膳を大夫人に。これはわしの分だ」自分の膳を少し持ち上げて伝えますと、女官は膳を落としそうなほど驚きました。料理人と同じ反応です。男と女が向かい合って食事するなど、あってはならない。いわんや身分の高いお方と僧侶が共に食べるなど、以《もっ》ての外《ほか》だからです。

板壁に左肩をおっつけ茫然《ぼうぜん》としているミヤコさまの前に膳を音を立てずに置いて、女官は、まったく礼儀を知らない恥知らずの坊さんねという感情を全身から湯気のように立てながら姿を消しました。

わたしは視線を足元に落としたまま歩を進め、腰を下ろし、ミヤコさまと短い距離を取って座り、膳を床に置きました。ミヤコさまがわたしの目と鼻の先にいらっしゃいます。

「朝餉《あさげ》でございます。お召し上がりください。恐れながら、このゲンボウも同じ朝餉を頂きます」と申し上げ、わたしは顔をミヤコさまの正面に置きました。初めてこの目で見たミヤコさまのお顔は萎《しな》びているように映りました。わたしの言葉が聞こえているのかいないのか、ミヤコさまの目は宙を漂っています。箸を手にしようとする気持ちが伝わってきません。

箸をつけないミヤコさまを差し置いては食べられません。萎《しお》れた肌から新鮮な肌へとミヤコさまを脱皮させなければならない。わたしは自分の膳を脇に退《ど》けて立ち上がり、ミヤコさまの横に座り、そっと囁《ささや》きました。

「肩をお揉みします」

わたしは左腕をミヤコさまの胸に軽くあてがい体を支え、右手の指でミヤコさまの右肩を静かに、柔らかく揉みました。ミヤコさまの肉は石のようでした。肉が骨にこびりついています。このような症状では、揉むよりも手当てのほうが良い。わたしはそう判断し、両の手の平でミヤコさまの両方の肩を包みました。小さな肩から冷気がひゅうひゅう、わたしの大きい手の平に沁《し》みてきます。死に向かう冷たさです。わたしは目を閉じ、総ての気を手の平に集め、ミヤコさまの肩の肉に送り込みました。

半時ほどそうしておりましたが、ミヤコさまの表情に変化が現れません。わたしは体をずらし、ミヤコさまの両脇に両腕を差し挟み、わたしの正面にミヤコさまの背中がくるように体の位置を少しばかり変えさせていただきました。ミヤコさまは人形のように、されるがまま。わたしは両の手の平をミヤコさまの両肩にあてがい、ふーっと大きく息をひとつ吐き出しました。

小さな肩に、わたしは懸命に自分の体温を流していきました。わたしはミヤコさまの背中側で床板に膝をついた中腰の恰好なので、ミヤコさまのお顔の変化がわかりません。目を開けたり、つぶったりされているだろうか。頬に赤みが戻っているだろうか。唇の色は灰色のままだろうか。

わたしは両の手の平をミヤコさまの肩甲骨《けんこうこつ》と背骨の間に移動させました。背中に肉はありましたが、ふにゃりと頼りない感触です。

わたしの手の平の向こうに、ミヤコさまの乳房があります。何歳で故モンムと結婚されたのか、本当のことはだれも知りません。御年《おん》五十歳かとわたしは推測していますが、着物の上からとはいえ、手当てをしております手は、ミヤコさまの体を老婆と診断していたのです。乳房はだらしなく垂れ下がっているのだろうか。乳房に輝きは戻らないのか。

それからわたしは腎のあたりに両の手の平を置きました。腎が冬の土のように冷たい。冷気の針が、わたしの手の平を攻撃してきます。わたしは目を閉じ、懸命に冷気と格闘し、掌《てのひら》から温気を送りました。

どのくらいそうしていたのか定かにわかりませんが、いつの間にか自然に、わたしはミヤコさまから離れ、自分の膳を前にして胡座《あぐら》をかき、すっかり冷えてしまった於朋泥に箸をつけていました。於朋泥がわたしを労《いたわ》ってくれるかのように沁み渡り、新しい精気が植物の細い根のように緩やかに、体の隅々にまで伸びていくのがわかりました。

「ミヤコさま、冷めてしまいましたが、おいしい於朋泥です。あなたに気を全部差し上げてしまったので、わたしは空になってしまいました。於朋泥と赤小豆粥で新しい気をつくらせてください。あなたもわたしの大事な気を無駄になさらないでください。このゲンボウの命の気を、朝餉を召し上がって、ご自分のものに変えてください」

すっかり冷めてしまった赤小豆粥を、椀に口をつけて、箸と顎をせわしく動かして、さらさら食べていましたら、ミヤコさまが体を少しずつ動かして膳の前に座り、箸をお持ちになられたのでした。わたしは目を剝《む》いて、自分の膳を退《ど》け、四つん這いになって進み、箸を持たれたミヤコさまの正面に座り直しました。歓喜の余り、ミヤコさまを抱き締めたかったのです。

この人の命を壊してはいけない。最早帝のためでも、フジワラのためでもない。ミヤコさま、生きてください。わたしが生きるために……。

「おいしゅうございますか」箸の先で小さく割った於朋泥をひと欠片《かけら》、ミヤコさまが口に入れられたのを見て、わたしは目を見開いて尋ねました。ミヤコさまは何もおっしゃいませんでしたが、緩やかな仕草で於朋泥をまたひと切れ、口に運ばれました。

「これからもミヤコさまの食事はわたくしゲンボウがお作りします」わたしは床板に額を擦りつけ、深々と礼をしたのです。

食事を基本に、薬草をどう使うか——ひと筋の希望を確かに実感したわたしは、艶《つや》のある女性に復活していくミヤコさまの姿を思い描きながら、毎日食事と薬草のことばかり考えていました。

胡人から入手した本草書と、祆教《けんきょう》に関する書物に没頭し、気になる食材と薬草を手当たり次第紙に記していますと、ミヤコさまの人形のような顔が、艶のある温かい女の顔に入れ替わる幻影にしばしば出会うのです。幻影が「迷わないで」と、わたしに自信を持たせてくれるのです。

「おー、ここか」荒々しい声を発してマキビが現れました。声の割には血相を変えていませんので、悪い話を運んできたのではないようです。邪魔されたくなかったのですが、追い払うわけにもいかず、

「どうした?」と言いながら、座れと手で示しました。

「おれたちが唐土にいたとき、この国で何が起こっていたか、いろいろわかったぞ」

「おれは今ミヤコさまのことで頭がいっぱいだ」過ぎたことはどうでもいい、おまえも先のことを大事に考える政治家になれと暗に言ったつもりでしたが、マキビはわたしの腹の中の思いなど蹴飛ばして、

「大夫人とも大いに関係するのだ」と驚くべき秘密を持ってきたぞと言わんばかりの語調です。高級官僚を目指すマキビは政治家の策謀に敏感です。マキビは、ミヤコさまの治療に当たっているわたしに摑《つか》んだ情報を教えたいのです。聞かないわけにはいきません。

「フヒトさまが亡くなったのは、おれたちが唐土にいたときだ。身分は右大臣、まったく大したものだ。空席になった右大臣に就いたのがナガヤ王だ。この男はトントン拍子に出世して、オビトノミコが帝ショウムとして即位した日に、何と左大臣に昇進している。これはおれたちが帰国する十二年も前の政変だ」

「ナガヤ王が政界の頂点に立ったことが、どうだと言うのだ」

「フジワラにとって脅威だということだ」

マキビの言うことがさっぱりわからないまま、

「フジワラより血筋が良いのか」と考えられる脅威が口を衝いて出ました。

「その通りだ。大夫人の夫だったモンムとは従兄弟同士だし、おれたちが遣唐使船に乗って入唐した年、中継ぎの女帝に就いたゲンショウの妹を妻にしているからな」

「そうか、それでフジワラはモンムとミヤコさまを結婚させて、念願だった朝廷と縁を結んだ。しかしそれも束の間、二十五歳の若さでモンムは呆気なく死去した。残るはミヤコさまだけというわけか」

「ミヤコさまを養女にして、大器の資質のないモンムと結婚させた目的は、朝廷と姻戚関係になることだ。ただそれだけだ」

「だがミヤコさまは血の繋がりがない。ナガヤ王とは大違いだな」

「そこだ、問題は。モンムとミヤコとの間に生まれたショウムの悩みは、自分の母親が皇族出身でないことだったらしい。母親の出自に蓋をし、周囲の目を晦《くら》まし、自分にとっても堂々とした母親に変身させるには、新しい尊称を創る必要があった。それで考えたのが、大夫人という尊称だったのだ」

医官の案内で初めてミヤコさまにお目に掛かったあの日のわたしの想念をマキビが裏づけてくれたのです。

それにしても帝とミヤコさまを呼び捨てるほど、一体何がマキビをそれほどに興奮させるのか、見当のつかないわたしは、どんどん冷静になるばかりです。話の長いマキビに、腰を据え、今しばらくつき合うことにして、

「おまえの話だと、ミヤコさまは身分の低い家の出ということになるな」と言いますと、マキビは、「そうだが、おれもはっきり知らんのだ」と頼りない。

「大夫人と呼ばれるのは、ミヤコさまが初めてなのか」わたしは淡々と訊きました。

「その通りだ。皇族出でない女は、ただの夫人だからな。しかしこれでわかるだろ？　帝が大事なのは妻より母なのだ」マキビは鋭い声で言ったのです。

「帝の命令だったとはいえ、反対者はいなかったのか」

「真っ向から異を唱えたのが、皇位継承の資格を持つ子女を大勢控えさせているナガヤ王だった。しかしフジワラの力を恐れて、ショウムはナガヤ王の異議を退けたのだ」

マキビの興奮のわけがここにきてようやくわかりかけたわたしは、

「このときとばかりにフジワラの権力を根こそぎ摘み取って、ナガヤ王の時代にしたかった計画は崩れたのだな」と一歩踏み込みました。

「ショウムと対立するのは得策でないと考えたナガヤ王は譲歩した」

「帝に恩を売ったのか」

「そうだ。ナガヤ王一族の本心は、大夫人の重病はありがたかったのだ」

「ところがフジワラ一族にはミヤコさまが必要だったというわけか。大の男たちが女を使わないと目的に手が届かないとはな。何とも後味の悪い話だ」ナガヤ王やフジワラの権力栄華も今のわたしには大きな事柄ではなくて、於朋泥をひと欠片召し上がって今一度の艶やかさをそこはかとなく望まれているようなミヤコさまのほうが、見事な方のように感じられて、わたしは唇をへの字に歪《ゆが》めました。

「話はまだ続くぞ。ナガヤ王家の運の力は、フジワラ家を凌ぐことができなかった。ナガヤ王が国家転覆の陰謀を企んでいると密告した者がいたのだ。結局ナガヤ王と妻子は自害して果てた」

「密告者はだれだ」

「ウマカイさまもそのひとりらしい。噂だがな」マキビが言葉を濁します。

「ミヤコさまの病気を治せと命じたウマカイか」

「確かなことはおれにもわからない。しかしフジワラの陰謀は濃厚だ」

「ウマカイはどうなった?」

「公卿《くぎょう》に出世された」

「フジワラ兄弟の出世はナガヤ王事件のお蔭というわけか」

「ナガヤ王が葬られて、ムチマロ、フササキ、マロ、ウマカイのフジワラ四兄弟は公卿の上位に就き、揺るぎない権力者になれたのだ。おまえだって、本心では、大夫人を使って出世を図るつもりではないのか」マキビが眉を吊り上げました。

「アハハハ、わしにそんな野心はない。祆教の力を見せてやるだけだ。ミヤコさまを治せば、それができる」マキビの言い種《ぐさ》を笑い飛ばしました。が、ミヤコさまを治せとマキビに命を下したのはウマカイですから、どこで、どのような陰謀が計画されているやら、わたしも用心しなくてはならないようです。

「何はともあれ、大夫人の病を治してくれ。おれたちの明日はそれに懸かっている」

マキビの頭が乱れています。珍しいことです。わたしに、ナガヤ王になるなと忠告しているのか、おれはナガヤ王にはならんぞと身を引き締めているつもりなのか、最後までわからないまま、

「いっしょにするな」ナガヤ王にもフジワラにも泥《なず》まぬわたしは軽く言ってやりました。

「おまえの本心はわかっている」マキビはわたしの腹を拳でポンと叩いて、足音を響かせて帰っていきました。

おれにもわからないおれの本心を、どうしてわかる——去っていくマキビの背中目がけて、わたしは無音の声を飛ばしました。

六

新鮮な伊和志をたくさん手に入れてくれ。その場で内臓《はらわた》を取り除き、きれいに洗い、ただちに塩水に漬ける。さもなければ塩を振りかけておくように。天気が良ければ、直射日光に半日は当て、干してくれ。料理人にそう指示しますと、

「賤しい魚を大夫人に差し上げるのでしょうか」半ば尻込み口調で訊くのです。

「伊和志は栄養があり、旨い魚だ。今時分のは脂がのっていて、特に旨い。おまえも食うがいい」

わたしの話に料理人は大きな鼻孔をより膨らませて、戸惑っていました。

「ただちに内臓《はらわた》を取り、塩水に漬けたり日光に当てるのは、いかなる理由からでしょうか」

伊和志を料理した経験のない向学心からの問いのようでした。

「青魚は弱いのだ。すぐ内臓を取り除かないと腐ってしまう。それにな、伊和志は海の上のほうを泳いでいる。そういう魚は水っぽくて肉が柔らかい。塩をすれば水分が抜け、肉が締まり、味に深みが出るのだ。日の光は霊妙な力があり、甘い旨みを引き出してくれるだけでなく、保存も利く」

「さようでございますか。その伊和志をどのように？」

「焦がさないように焼いてくれ」

「川の魚を多く使っておりますので、焼き方が……」こんがり焼く川魚ばかり扱っている料理人は自信のない様子で、もう少し詳しく教えてほしいという目をしています。ミヤコさまの食事を作るのですから、緊張するのでしょう。無理もありません。

「川魚は生臭い。生臭さを取るには、こんがり焼いて脂を抜くのだ。しかし新鮮な海の魚は臭みがない。焼き色は、黄色みがかれば、それで良い。その程度が肉が柔らかくて、甘味が失われず、旨いのだ」

「そうでございますか」料理人は深く頷きました。

「それと秋葱の白いところをこれくらいに切って焼き、伊和志に添えてくれ」わたしは親指と人差し指を広げて、二寸程度（約六センチメートル）の寸法を示しました。

「秋葱を添えるのは、なぜでしょうか」

「魚の毒を殺す。焼いて甘くなる秋葱は肺に良い。息が楽になれば気が通り、血を生き返らせる。ありがたい菜だ」

「よく覚えておきます。粥もお作りしますか？」

「いや、産巣日《むすび》にしてくれ」

「産巣日とは、一体どういうわけでございましょうか？」

「万物が生じる形だ。ふたつの掌で米を軽く握りながら丸くするとな、そなたの掌から気が出る。気が産巣日の味を良くする。産巣日は万物が生じる食事法なのだ」わたしは両の手で産巣日を握る形を示しながら話して、

「良いか、料理をするときは何も考えてはならない。少しでも悪意や疑心ある者の料理では大夫人の病を治せぬ」と心構えを強い口調で伝えておきました。料理人は、恐ろしいことになったと、逃げ出したいのでしょうか、声を震わせて、

「ではこれから伊和志を求めに出掛けます」と言いました。

「頼むぞ。後のものはわしが作る」

後のものとは薬物で、胡人から手に入れた書物を参考に作る。どの薬物をどう調合するか。

ミヤコさまの命が懸かっていますので、わたしも命懸けです。

病の原因に迫るために、わたしは今一度、ミヤコさまの症状を整理しました。

難産の末、オビトノミコを出産。その結果、貧血に苦しんでいる。出産後は悪寒《おかん》に襲われ、冷たい汗を流す。手足の痙攣《けいれん》があり、歩行困難に陥っている。頭痛、喉の渇きで、言葉が閉ざされている。夜は眠れず、眠っても浅い。悪夢に襲われる——。

これらの症状から読み取らなければならないのは何か。

血は淡く、骨に津《しん》（水）なし。気は動かず、五臓は鈍い。精が消えかけている……。

わたしは目を閉じた。ミヤコさまを思った。——乱れた髪。青白い顔。動かない体。

いや、そうではない。動かしたくない体、ではないのか。ミヤコさまは箸を持ち、於朋泥を召し上がったではないか。ミヤコさまは体を動かしたいのだ……。わたしの頭の中を、髪、顔、胴体、手、足……バラバラにされた人形のようなミヤコさまが旋回する。

薬草は何か。

当帰《とうき》、芍薬《しやくやく》、桂皮《けいひ》、甘草《かんぞう》、人参、棗《なつめ》、茯苓《ぶくりよう》、大麻、薑《はじかみ》、山椒、橘《たちばな》、茗荷《みようが》、芹、洎夫藍《サフラン》、附《ぶ》子《す》、鬱金《うこん》、朮《じゆつ》（おけら。葉が薊《あざみ》に似たキク科の植物）……。ほかに何かあるか。

猪、猿、雉《きじ》、蝮《まむし》などの骨、脳味噌、内臓《はらわた》、鯉の肉、鴨肉……。

樟《くす》、松、桑、楓《かえで》、竹、杉、杼《とち》（どんぐり）、柏、白檀《びやくだん》……。

これらの植物、動物の多くは、胡人が波斯国から唐の都に商売で運んでいるものです。どう使う？

料理と薬は分けて使おう。わたしが唐土から持ってきたものはいつでも使えますが、日本にない植物、いない動物は薬司に問い合わせなければなりません。そのために、ミヤコさまに最もふさわしい薬物を、あらかじめ見つけ出しておかなければならない。それは何か。

頭痛、目の痛み、四肢の疼痛《とうつう》は貧血が原因だろう。貧血は食事で改善できる。痛みは一日も早く取り除いて差し上げたいが、どの程度の痛みなのか。痛みは本人にしかわからない。ミヤコさまは訴えてくれませんので、想像するより外に手はありませんが、頭や体がギシギシ痛いから、体を動かしたくないのだ。ならば体を動かす介助をする。そうわたしは判断しました。

ミヤコさまの痛みを早くなくしてあげたい。そんな思いがわたしの胸に湧き上がったとき、唐土でのある恐ろしい出来事が、いきなり頭に浮かびました。

頭痛に悩まされていたある貴族の目が次第に見えなくなり、妻は医師に「どんな方法でも良い。治しなさい」と詰め寄ったのです。医師は「頭に鍼《はり》を打ち、汚血を流し出せば治ります」と告げました。「なぜ早くやらなかったのだ」妻が医師を責めますと「危険を伴います」と答えました。「どのように危険か」「それは……」「危険を撥《は》ね除《の》ける患者もいよう」「はい」「夫は強い運を持っている。夫に危険は襲いかからぬ。鍼を打ちなさい」

妻に命令され、医師はその男に鍼を打ちました。するといくらも経たないうちに頭痛は治まり、目も見えるようになりましたが、数日後、その貴族は息を引き取りました。権力者だったその貴族の噂はたちまち都中に広まりました。治療を利用して、夫人が夫を殺した……そういう噂でした。しかし、たった一日で良い、激しい頭痛から夫を解放してやりたい。その一日の幸せのために、鍼を打たせた……わたしにはそう思えたのです。

食事と薬草と鍼治療の三つがうまく連携すれば、ミヤコさまは恢復されるだろうが、マキビが調べてくれた実情から推察すると、この国の鍼師の腕は未熟で頼めるものではありません。ミヤコさまの体に鍼は打たせない。薬物を探そう。わたしは覚悟を決めました。

七

ひと風ごとに気温が下がり、山里の木々の葉が、鮮やかに紅を深めています。景色の美しさとは裏腹に、世の中は落ち着かず乱れています。僧侶たちは盛んに写経を始めています。写経は国家事業でした。火つけ人は、実はわたしゲンボウです。わたしが唐で蒐集し持ち帰った経典に、帝も政治家も群がったのです。

政治家の腹の中は透けて見えました。わたしが持ち帰った経典で、日本は唐と同等になった。これで大唐帝国に臆《おく》することはない。まばゆい大唐の都を見たことのない政治家たちは、唐都とは比較にならない小さくて地味な奈良の都が唐王朝に並んだと自信を漲《みなぎ》らせ、写経に精を出していたのです。

しかし仏教をも呑み込んだ教えが祆教。帝と官僚に祆教の威力を信じさせるために、写経はひとまず通ってもらわなければならない過程であるところに、わたしの戦略がありました。写経など百万遍行っても、世の乱れは治まらない。写経で健康な体をつくることはできない。人として生まれたからには、体の苦痛から逃れられるものではないと仏教も説いてはいる。しかし祆教の価値は、命の源は食の摂り方にあり、火の力がその食をつくるのだ、というところだ。そのことを痛感させてから、祆教の威力を植えつける。そしてゲンボウの説くところに真理がある、と信じさせる——。

わたしが朝廷に献上した仏典『道行般若経《どうぎようはんにやきよう》』をはじめ玄奘三蔵法師や不空《ふくう》、施護《せご》らが訳した諸経典数十巻が備わったとき、日本は大唐帝国と同等になったと、だれも疑いませんでした。が、医学、薬学の経典はわたしの手元に留めてあります。とりわけ薬の調合法を記した経典はわたしの重要な兵器なので、手放すつもりはありません。いずれわたしの宗教を開くのに、なくてはならない秘密書なのです。

写経はとりあえず荒ぶる気を鎮める力があります。写経に打ち込む貴族や僧侶を眺めながら、やはりわたしには運がある、と強く感じたものです。

「面白いではないか、おまえが献上した経典で国の運営にみな自信を持ったのだから。それはそうと、唐土にいたとき、おまえに聞いておきたいことがあった。あの大唐帝国を治めた玄宗皇帝は不老長寿の道教を信じていたのは知っているだろ？　天竺《てんじく》から盛んに仏教が入り、おまえ以外の日本の僧たちは仏教を夢中に学んでいたのに、皇帝は道教だった。この国では考えられないことだ。どうしてか、おまえの考えを聞きたかったのだ」マキビは顔を紅潮させて訊くのです。

今さらなんだ。マキビの疑問に拍子抜けがしましたが、マキビの表情は真剣です。

「楊貴妃は若くて豊満な体の美女だった。そんな女を寵愛《ちようあい》すれば、精神修行だとか悟りだとかの仏教に関心が向くわけがない」

瑞々しい体の隅々まで玄宗の愛が沁みついていた楊貴妃の華やかな容姿を思い出したのか、マキビは含み笑いをしながら、

「国を治める上でも道教のほうが便利だったのだな」

「現実の生活が大事だった民衆も、圧倒的に道教信者だった」

「仏教は民衆にはむずかしいということか？」

「理解できない教えは、民衆と結びつかない」

「しかし仏教にも皇帝に都合の良い教えはあった。その部分だけは残した。そういうことか？」

「そこよ、あの国のしたたかなところは。最も大事な釈迦の教えは、あらゆるものは平等であり、人間にとって絶対と言えるものは死だけである、というところだ。そんな教えを贅沢《ぜいたく》三昧《ざんまい》の皇帝が信じるものか。それに実際、人の世は四苦八苦の連続だ。食うや食わずの民衆だって、苦しいことばかりが続く人間などには、もう生まれ変わりたくない。こんな苦しい思いをして生きなければならないなら、輪廻《りんね》転生《てんせい》なんてごめんだ、冗談じゃないと思っているのだ」

「苦しみだけの人生を一回で終わらせるには、仏教はどう教えているのだ？」

「絶対は死だけだ。それがわかれば、この世の過ごし方がわかる。口を清潔にして、悪いこ

とはするな。それが釈迦の教えだ」と言うと、マキビは呆気にとられたようにしばらくポカンとしていました。頭の中を整理するように遠くに視線を投げてから、

「仏教の根本を皇帝は気に入らなかった。それで道教に傾倒したのだな」

「道教も仏教も生の宗教だ。死の宗教ではない。生きていればこその華なのだ。そこは間違えるな。あの国の人間は仏教を都合良く変えてしまう知恵に長《た》けていてな、権力者に合うように変化させる。そこは、マキビ、承知しておけよ」

「そういう知恵がなければ、仏教は広まらないということか」

「この国だって同じだ。頭の良い僧は、この国に合う教えに変化させていくはずだ。政治と同じだ。しかしな、愚かな権力者が宗教の根本をいじり、変化させると、恐ろしいことになる。社会や国を壊してしまうかもしれないからだ。変える真の恐ろしさはそこにある」

危険極まりない話です。それでわたしは敢えて単調な口調で語ったつもりですが、目の玉はギラギラしていたのでしょう。何か重要なことが、政治家としてのマキビの頭のど真ん中を過《よぎ》ったようです。マキビは、

「祆教の書は手元にあるのか」といきなり言ったのです。ゲンボウ、おまえは仏教と祆教を結びつけようとしているのか？　マキビは遠回しにそう訊いているように思え、「ある」と答えますと、「祆教の何がいいのだ」と突っ込んできたのです。

「火を見詰めていればわかる」

「それではわからん。が、とにかくおれが出世すれば、おまえも力を発揮できるぞ」祆教を広めたいおまえの野心は、政治家のおれの出世次第だ、とマキビはわたしにあらかじめ恩を売るような、おれに隠れて出しゃばった真似はするな、失敗するぞと釘を刺すような口ぶりです。

「大麻がどこに生えているか、調べてくれ」おまえの陰で生きる気はない。マキビの言質《げんち》に関心のないわたしは、大きく話を変えました。

「繊維をつくる大麻か？　祆教の法衣《ほうえ》を作る気か」マキビが早まったことはするな、という目をしました。

「心配するな」高ぶっているマキビの気を鎮めるように声を落として言いますと、「調べておく」とマキビは、疑念と不安の入り交じった口調で答えました。

そんな話を交わしてから幾らも日が経たないある日、わたしが薬物に関する書物を読み漁っているとマキビが足音を響かせてやってきて、「大麻は熊野にある」と知らせ、珍しいことに座ろうともしないで去っていきました。

熊野か。なるべく早いうちに行かねばならないなと独り言を漏らし、目をつむってその日を決めようと頭の中で暦をめくっていると、料理人が伊和志を抱えてやってきました。

「ご苦労だったな。どこで手に入れた？」

「難波津《なにわづ》でございます。身がふっくらした、見事な伊和志です」菰《こも》を開いて一尾を両の手の平にいとおしむように載せてみせます。食欲をそそる旨そうな伊和志です。

「今日の夕餉に大夫人に召し上がっていただく」

「一品お作りになられるのでございますね」

「覚えておったか」料理人の記憶力を褒め、わたしは笑ってみせました。料理人は足早に炊事場に向かいました。背中に気力が漲《みなぎ》っています。料理人の後ろ姿を見詰めて、わたしは意を固めました。明朝、暗いうちに熊野へ発《た》とう。

熊野行きの決心をつけたわたしは必要なものを三つ布に包んで小脇に抱え、炊事場に急ぎました。

「牛蒡《ごぼう》はあるか」竈《かまど》に薪《まき》をくべている料理人に問うと、

「ございますが、どうなさるのですか」と首を捻《ひね》りました。伊和志同様、牛蒡は下賤《げせん》な者の食べものだからです。

「牛蒡ははなはだ体に良いが、下賤の者が好んで食べるもので、高貴な方はおおっぴらには食べられない。それで唐土では隠語で大力《ダーリー》といってな、隠れて食べているのだ」わたしは高らかに笑いました。

「伊和志といい牛蒡といい、この国の下賤な者の食べものを、ゲンボウさまは大夫人に差し上げようとしておりますどうしてでしょうか」料理人はわたしが使う食材を検閲しておかなければならない職務上の責任があるのだろうが、そんなことはもうどうでも良くなっているらしく、わたしが学んだ食養に強い関心を寄せているのが見て取れます。

「食材に上も下もない。旨いものは旨いのだ。旨いものは健康を増す。ここにだって下賤な者の食う牛蒡があるではないか。どうしてかな」

料理人は深く頷いたり、ギョッとしたりしながら「わたしどもの食料です」と目をしばたたかせました。

「そういうものを食っているから、そなたは丈夫なのだ。強い体は女を喜ばせ、幸せにするのだ」精神の浄化を専《もっぱ》らとする仏僧にあるまじきことを、うれし顔に言い放つわたしに、目を剥《む》いたまましばらく言葉を失っていた料理人でしたが、どうにか自分の仕事に戻る心構えができたらしく、「牛蒡をどのようにされるのですか」と訊いてきました。

「皮に香りと栄養がある。さっと泥を洗い流し、潰さぬように軽く叩いて二寸ほどの長さに切って蒸す。牛蒡を全部切り、蒸してくれ。蒸したら日に干す。食べるときは、それを煮ればよい」

一度蒸したものを、なぜわざわざ干すのか解《げ》せませんと、料理人が異議を投げ掛けたので、「お日さまは偉大でな。一層栄養が高まる上に、旨味《うまみ》も増す」と答え、ついでに味つけについても言っておきました。

「牛蒡自身が持っている甘味が真の甘味なのだが、もっと甘くしたければ甘草を少し入れるのも良い。味はそなたに任せる」

甘草は貴重な甘味料ですから、身分の高い方にしか使えませんし、料理人が使用する際は薬司の許可を得なければなりません。料理人はその経験がまだないらしく、不安な表情を浮かべていますので、ここに届けるように薬司に伝えておく、甘草を使うと味はどうなるか、体験出来るではないかと、気を楽にさせてやりました。わたしは唐土の蜂蜜を隠し持っていますが、料理人に使わせるつもりはありません。いつかミヤコさまに舐《な》めさせて差し上げたい上薬ですので。

料理人は薬司での面倒な手続きから解放されたので安らかな気持ちになれたらしく、干すとどう良いのか、と訊いてきました。

「旨味が増すだけではない。足腰が弱まるのを防いでくれる。歯の痛みも和らぐぞ。おお、忘れるところだった。切った牛蒡の半分は酒に漬けておいてくれ。五臓の悪気《あっき》を浣《あら》う酒になる。そなたもひどく疲れたとき、少し飲むといい」

「ありがとうございます。さっそく作ります」料理人はにっこりしました。

火は竈で美しい炎を上げています。力強い神秘の色です。牛蒡を二寸ほどの長さに切っている料理人に、わたしは思わず声を掛けました。

「この炎を見るがいい。忌火だ」

「イミビ……?」料理人は包丁の手を止めて、怪《け》訝《げん》な視線を炎に向けました。

「神の食事を作る火だ」

「……大夫人は神ですか」料理人はキョトンとしています。

「そうではない。火を使うものに神が宿る。そう言ったのだ」

「どういうことでしょうか」いきなりわけのわからないことを言い出したという風に、歯切れ悪く訊き返します。

「変わらないから神なのだよ。仏の世界で不変に到達するのは並大抵のことではない。如来に到達しなければ、不変な存在になれないのだからな。せいぜいが菩薩だが、これだってたやすくなれるわけではない。いやいや、菩薩の席は既に埋まっているな。わしの席など、どこにもないのだよ。しかしだ、火はありがたく、尊い。激しさが何よりの魅力だ。火は料理に欠かせないものであり、焼き払って無にする力もある。その灰は大地の栄養になり、人の命を育《はぐく》む植物を誕生させる。料理人のおまえならわかるはずだ」

「……さようで……ございますか」料理人はますますわけのわからない戯言《ざれごと》を、という口調です。

「悪魔を打ち砕く光輝――それが火だ。その火で食べものを蒸し、煮る。焼いたりする」

「火はありがたいもの、それはわかります」料理人は料理人としての考えを述べるのです。わたしは料理人の素直な感想をそのまま受け入れ、

「火は神なのだ。その火で料理すれば、どんな人間も元気を取り戻す。火の神が気を与えてくれるのだ」と言いながら、既に切られてある牛蒡を十本ほど蒸し器に移しました。それか

らわたしは懐《ふところ》から布に包んだ陶器の三足盤《さんそくばん》を取り出し、地面の上で静かに丁寧に布を開いて、持参した数枚の桑の葉を盤の底に敷き詰め、細く短く割いた桑の木の束はそのまま懐に戻しました。

「美しい器でございますね」料理人は丸い顔を近づけて、うっとり見惚れました。

「唐三彩《とうさんさい》といってな、大唐帝国の陶工が作った盤だ」脚高一寸（約三センチメートル）の三足の獣足が支える口径七寸の口縁《こうえん》は心なしか端反《はたぞ》りで、平底の浅い見込みに黄、緑、白色の釉《うわぐすり》を掛けた型押し宝相華文《ほうそうげもん》の三彩三足盤が気に入り、迷わず唐から持ち帰ったものです。

「無垢《むく》な幼子《おさなご》のようなあどけなさを感じます」料理人が頬を緩めます。料理人の感想に気を良くしたわたしも、

「脆《もろ》いので傷をつけんように気を遣ったぞ。料理が全部揃ったら、桑の葉の上に竈の火をひとかけら載せてくれ」と言い方が柔らかくなりました。

何とも脆そうな器に火を入れるだなんて、と料理人は不安そうですが、この三足盤は実は王侯貴族の明器《めいき》で、あの世でも旨いものを食べたい欲を叶えてやるために墓に埋めるものだと言えず、「火を入れた唐三彩を大夫人にお見せしたいのだ」と話すに留めました。それからわたしは素焼きの器に七分目ほど水を入れ、その中に数枚、桑の葉を浮かべて火に掛けました。

「何を作られるのですか」見るもの聞くもの総て知らないことばかりの料理人は耳をそばだ

て、目を輝かせています。

「桑の葉を煎じている。夏の初めの青々と茂った葉を陰干ししたものに、寒くなった今の時期でもまだ生き存えて《ながら》、枝についている葉を採《と》り合わせてある。これが腸の働きを良くし、関節を滑《なめ》らかにして、手足を温める薬茶になる。唐土ではこれを神仏服食法と呼んでいる。煎じ汁が鬱金《うこん》色になったら、ふたつの椀に注いでくれ」

料理人は頭に叩き込んでおこうという風に瞬《また》きもせず聞き入り、ゴクッと音を立てて唾《つば》を飲みました。

牛蒡が蒸し上がり、伊和志と秋葱もきれいに焼けました。料理人は二枚の木皿に焙《あぶ》った伊和志を載せ、秋葱を添え、別の皿に牛蒡五本ずつと産巣日ひとつを盛りつけて、ミヤコさまとわたしの膳を整えました。桑の葉の煎じ茶も出来、椀に注いでから料理人は三足盤の底に敷いてある桑の葉の中央に火種を丁寧に置きました。わたしは自分の膳と火を持ち、料理人に大夫人の膳を持たせました。

炊事場を出ると、天上に淡い星がぽっぽっと現れ、唐三彩の器の火が鮮やかな色を発しています。聞こえるのは、わたしと料理人の土を踏む足音だけです。

八

わたしは懐中から細く割り裂いた桑の木を取り出し、唐三彩の三足盤内で低い炎を上げている炭を囲むように桑の細木を櫓《やぐら》に組み、木片に火が移ったのを見届けてからミヤコさまと向き合い、腰を下ろしました。

「伊和志《いわし》と牛蒡《ごぼう》と産巣日《むすび》の夕餉でございます」

三足盤から煙と炎が程好く立ち上がり、煙がミヤコさまのほうへなびいています。ミヤコさまは煙を追うように瞳をゆっくり移動させ、それからわたしにその目を向けました。

「ゲンボウと言いましたね」

三十数年の間、沈黙していたミヤコさまの声です。か細い声です。きれいな声です。産声《うぶごえ》にも等しい声です。歓喜が体中から込み上げてきました。

「ミヤコさま」わたしは震える体を引き摺りながら、手を伸ばせば触れられる側までにじり寄り、ミヤコさまの瞳を吸い取るように見詰めました。

「この香りは……?」

「桑でございます」

「……」何か言葉を発せられたようですが、桑の煙に絡め取られたかのように、わたしの耳に届かぬうちに、声は掻き消えていました。

「十九年の間、わたしが暮らした唐土では、自然の神木と呼んでおりました」

「……」ミヤコさまが心無しか首を傾げたように見受けられました。

「桑には心の苦しみを和らげる力がありますが、毒もございます。桑をうまく使い救われた人を、唐土でたくさん見て参りました」わたしを信用してほしい一心で、毒という空恐ろしい言葉を敢えて使ってしまったのですが、迂闊《うかつ》でした。余計なことを言ってしまったものだ。ミヤコさまは黙したままです。

「霊薬と毒、その加減はなかなかむずかしいのです」余計ごとを取り繕おうとして言いますと、ミヤコさまは、

「わたしで試すのですか」と冷静に問われました。

「ミヤコさまの命を奪うためにきたのではございません」ミヤコさまの細い細い声に張りは生じていませんが、わたしにある確信が芽生えたのはこのときでした。この人は狂人ではない。判断力も感情も体の奥底でひっそり、確かに生きている。このとき、別の心配が、わたしの心の臓を鷲摑みにしていました。これから処方する薬の加減を間違えて、ミヤコさまを死に至らしめてはならない。何がなんでもミヤコさまを、モンムが愛した美しい女人に戻さなければならない。失敗すれば、わたしはフジワラに葬られる。恐らくミヤコさまもいなか

った女のように。

「ミヤコさま、お食事をどうぞ。難波津《なにわづ》の伊和志に牛蒡と産巣日です。召し上がったことのないものかと存じます」

「難波津……」ミヤコさまの目が宙を泳ぎました。

「難波津がどうかなさいましたか？」

無言のままミヤコさまは伊和志の皿を両手で取り上げ、鼻に近づけました。塩でしっかり締めてあります。決して傷んでいません。なぜ匂いを嗅《か》いだのだろう。わたしは見当がつきませんでした。料理の匂いを嗅ぐなど下品な行為ですが、わたしはミヤコさまの不可解な行為を気にしないように努め、合掌して箸を持ち、伊和志を箸先でほぐして、わたしの行為に釣られることを願いながら、ミヤコさまより先にほぐした身のひと欠片《かけら》を口に入れようとしたときでした。

「懐かしい匂いです」今にも途切れそうな細い声で、ミヤコさまが言われました。わたしは箸の先に抓《つま》んだ伊和志を皿に戻して、

「伊和志の匂いが懐かしいのですか。それで匂いを嗅いだのですか」と訊き返しました。ミヤコさまはわたしを無視して、伊和志に箸をつけられました。ミヤコさまが伊和志をひと口食べたのを見届けて、わたしも食べました。伊和志は上手に締めてあり、塩気と甘味の気持ちの良い調和に満足しつつ、ミヤコさまの様子を窺いました。ミヤコさまはゆっくり箸を口

に運んでいます。箸を止めることなく半身を食べ終えたとき、ミヤコさまは桑の葉の煎じ茶をふた口続けて飲まれ、

「唐土の話が聞きたくなりました」と、正面からわたしの目を捉え、いきなり〝唐土〟と言われたのです。胸が高鳴りました。なのに、口を衝いて出た言葉は「どうしてそのように思われたのですか」と、腰の引けたものでした。

「どっしりした体に立派な顔。太い眉に大きな鼻、目の光は強くて怖いくらい。この国の男たちと違います。長い間唐土に暮らすと、唐人に似ていくのかしら」

　唐土では漢人にしばしば、西域のいかつい胡人に似ている、と言われたものです。漢人の人相も胡人の形相も知らないミヤコさまに、

「唐土にもわたしほど不細工な学僧はおりませんでした」と応じますと、ミヤコさまが、一瞬の出来事ですが、微かな笑みを浮かべたように見えました。そのときです、脳裡を則天武《そくてんぶ》后《こう》が過《よぎ》り、わたしの口をこじ開けました。

「大きな国でして、数えきれないほどさまざまな体験をしましたので、何をお話しすれば良いやら戸惑いますが、どこへ行きましても話題になる方がおりました。わたしが入唐したとき、亡くなって十年も経っていましたのに、その方の話は尽きないのです」

　その方が亡くなってほどなく、ミヤコさまの夫モンムが亡くなられたのです。それに気づいたのは、言い終えた後でした。

女として最高位に昇り詰めたのに、三十数年間も朝廷、貴族から遠ざけられてきたミヤコさまでしたが、わたしの治療で、消えていた灯が突然幽《かす》かに灯るように、体のどこかに残っている言葉を拾い集め、短い言葉を蘇らせている。なのにわたしの不注意で、起き上がってきた神経が再び萎《な》えてしまうかもしれない。開きかけた心の扉が、閉ざされてしまうかもしれない。しかし口にした言葉を、口に還すことができず、わたしは、

「その話をいたしましょう」ひるまず言い進みまして、ミヤコさまの様子を窺いました。空《うつ》ろな目に締まりが生じ、か細い声で言葉を刻み始めたミヤコさまですから、話に興味を示されるか否か、きっと目元や口元に兆候が現れるはずです。わたしはミヤコさまの表情の変化を見逃さないように、神経を配らなければなりません。

ミヤコさまの胸の周りを、桑の木の淡い煙が漂い、流れています。

煙に誘われてか、それとも牛蒡を食べたので欲しくなったのか、それとも食べものが気を動かし始めたのか、どれとも図りかねますが、桑の葉の煎じ茶を静かに飲まれるミヤコさまの頬に仄《ほの》かな艶《つや》が現れているではありませんか。わたしは話を続けることにしました。

「則天武后という女帝の話です」話がどう進むのかわからぬまま、その名を胸の奥から押し出しました。

朝廷人、貴族、政治家なら知っているであろうその名に、ミヤコさまは影絵のように無表情でした。死後、長い年月が経っても語られる則天武后のどの話をするのが適当か、わたし

の中で整理されているわけではありませんが、唐朝を揺るがした一人の女を、どういうわけかミヤコさまに話してみたくなりました。

——そのころは日本の留学僧《るがくそう》も少のうございました。そのころと申しますのは、則天武后の存命中ということでございまして、留学僧、留学生《るがくしょう》は明けても暮れても学問に励んでいたようです。わたしの滞在中は人数も増え、勉学ばかりでなく、遊びにも興じました。ヤマトにはない妓楼《ぎろう》という遊興の館がございまして、美しい女子《おなご》と楽しいときを過ごせたのです。則天武后は妓楼で働いていた女人です——。

「ゲンボウも妓楼で楽しんだのですか」ミヤコさまがまるで遠くから扇の風を送るような優しげな口調で問うたのです。

「妓楼には美しい女ばかりでなく、遠く西方の国からいろいろな物資を長安の都に運び、商売をする胡人がたくさんおりました。音楽や曲芸も人気がありました。琵琶、箜篌《くご》、簫《しょう》などの胡楽器が奏でる胡楽に、わたしは聴き入ったものです」

「どのようなときに聴いたの？」

「長く異国におりますと、心がおかしくなります。そういうときに聴きますと、不思議に落ち着くのです。ほかにも胡人からたくさんのことを学びました」

「どのようなことを学んだの？」

「本草学《ほんぞうがく》や医学です」

失われた三十数年前の頬の色が帰ってきたかのように、ミヤコさまに輝きが見えました。わたしは先を続けました。

——武后は材木を扱う商人の娘で、照《しょう》という名でした。たいそうきれいな方だったようで、唐王朝二代目の太宗の目に留まり、後宮に入り、皇帝の愛人になりました。太宗が亡くなると長安の尼寺に入り、太宗の後世を弔う暮らしをしたのです。三代目の皇帝、高宗がその尼寺に行幸したときのことです。照の美しさに目を奪われた皇帝は照を宮廷に召し、自らの妃にしてしまったのです。父親の妃が息子の妃になったのです。男と女の出会いは真《まこと》に恐ろしいものです。照の中でじっと息を殺し、潜んでいた本性が、高宗との出会いで焙《あぶ》り出されてしまったのでしょう。心のどこかが針の穴ほどでも破れますと、女の本性は噴き出すようです——。

ミヤコさまが身震いのような仕草を、微かにですが、されました。

「愛と本性は同じもの……そう言いたいのですか」

「どちらも抑えきれるものではないと、申し上げているのです」

わたしに問いかける形で、ミヤコさまは自身の胸の内を覗き込んでいたのでしょうか。嫌なものが突き上げてきたのか、それとも女を焙り出された照に興味が湧いたからなのかは判然としませんが、ミヤコさまの内部で何かがグラリと動いたように感じられました。

ミヤコさまの心に変化が起きている……。わたしは続けました。

――高宗は皇后より照を愛しました。ふたりの間にお子が生まれ、皇帝の愛情が自分に集中しているうちに皇后の座を奪ってしまおうと考えた照は、恐ろしい計画を実行したのです。生まれたばかりの自分たちの子を、皇后が殺害しようとしている、と皇帝に嘘を言ったのです。事実は、照が自らの手で子を絞め殺していたのですよ。それを皇后の犯行にしたのです。皇帝は激怒し、皇后の位を廃し、照をますます寵愛していきました。照は望み通り新皇后の位を手にし、名を武后と改めたのです。武后を名乗ると、恐ろしい性格はいよいよ激しさを増し、高宗が寵愛する幾人かの妃を、次々に虐殺しました。ある妃は死に際《ぎわ》に叫んだそうです。わたしは猫に生まれ変わり、鼠のおまえを嚙み殺してやると――。

「唐王朝の人たちに仏教の穏やかな教えはないようですね」ミヤコさまがご尤《もっと》もなことをおっしゃいました。

「実は唐王朝は仏教を好みませんでした。人生は一度きりでよい。輪廻転生など以ての外、そう思っている皇帝や貴族ばかりでした」

「そのような国に、どうしてたくさんの日本の僧侶が渡ったのですか」

「天竺《てんじく》から貴重な経典を持ち帰り、真剣に学んでいる立派な僧がいるからです」

「……唐の人たちは、この世を精一杯楽しむのですか？」

「浄土よりこの世。王侯貴族も庶民も現実的です。唐王朝に限らず、恐らく次の王朝もその次の王朝も、きっとそうでしょう。ゲンボウはそのように感じております。武后は仏教の一部をうまく取り入れた摩尼教という宗教の信者ですが、そのときどきの都合で、仏教信者のふりをしたのです。演技が得意な人たちです」

「マニキョウ？　どういうものですか」

「西域から入ってきた異教です。仏教とうまく習合しておりますので、経典や仏像からは区別しにくいのですが、根本は不老長生の教えです」

「武后はなぜわざわざ仏教信者を装ったのですか」脆《もろ》い糸のような声で思うままを言葉にされるミヤコさまの疑問は、率直です。わたしは言葉に詰まりました。

武后は、愛したある男を自分の近くに置きたかった。そこで考えた一計が、その男を平和を大切にする仏教徒に仕立て、自分の側に置く。武后も辻褄《つじつま》合わせに、仏教信者を装った。愛欲のための偽装工作……。刺激の強いこんな逸話をミヤコさまに語って良いものか、迷いました。ミヤコさまの体をお治しする。それがわたしの任務だからです。

わたしに素直な反応を見せ始めているミヤコさまに誤魔化した言い回しをすれば、その瞬間、わたしを遠ざけるでしょう。唐土で聞いたままを話そう。総てミヤコさまの感性に任せよう。

そう決心したのですが、それにしても閉ざされていた何が破れて、ミヤコさまの素直な感情が春の新芽のように吹き出てきたのか、わたしは知りたかった。わたしはミヤコさまの息が顔に当たるほど近くにまでにじり寄り、

「武后はある男を愛しておりました。側にいてほしかったのです。邪魔が入らない方法は、ふたりとも平和を尊ぶ仏教信者を装うことだったのです」と語りました。ミヤコさまの眉がピクッと動きました。唐三彩の炎が、ミヤコさまの瞳を光らせました。

「仏教は利用されやすい宗教ですね。ふたりは宮中に暮らしたのですか？」ミヤコさまの指摘に、わたしは心の臓に針を打たれたような痛みを覚えました。少しの間を置いてから、

「長安に白馬寺という大きな寺があります。男は僧正の位を貰い、そこから宮中に堂々と通いました」

ミヤコさまの皿に牛蒡が一本残っています。四本召し上がってくださったのです。ミヤコさまは桑の葉の煎じ茶をまたひと口飲み、最後の牛蒡一本を召し上がりました。

伊和志と牛蒡はきれいに召し上がりましたが、産巣日はそのままでした。ミヤコさまのお気に召すがままに。それが良い。産巣日もお召し上がりくださいと無理に勧めるのをやめ、わたしは口を閉じました。

「ふたりはどうなりましたか」ミヤコさまに何かを知りたい気力が止まることなく湧いているようです。ミヤコさまの顔に煙の簾《すだれ》が下がり、白い皮膚がゆらゆらしています。ミヤコさまと同じようにわたしもその煙を戴きながら、武后と僧のそれからを語りました。

――武后の愛は切れないと信じた僧侶は日に日に傲慢《ごうまん》になり、権力者の振舞いをするようになりました。武后は僧の振舞いが鼻につき、鬱陶《うっとう》しく邪魔になり、数人の侍女に、僧を叩

き殺せと命じたのです。侍女たちは僧侶を殺害しました。僧が目の前から消えたとき、武后の中から仏教が消えました——。

九

外はまだ暗い。夜が明けないうちに料理人を呼び、わたしの留守中の料理について講釈しておきました。

「わしはしばらく都を離れる。そなたに頼みがある」と切り出すと、料理人が小さな喉仏をピクピクさせました。不安を感じたようですが、構わず指示を出しました。

「苦味には薬効がある。苦味は殺さぬように料理してくれ」

「承知いたしました」料理人は瑞々しい目を向けて答えます。

「少し寒くなった。寒いときは醤《ひしお》を多く使い、塩は控えるように。暖かくなったら、醤の量を減らし、塩を少しずつ多くしていく。料理の基本だ。ついでに言っておこう。春は苦味、夏は酸味、秋は甘味、冬は味つけを濃くする。これが季節の料理法だ。病に勝てるぞ」

「肝に銘じておきます」

「よく日に干した椎茸《しいたけ》はあるね？」

「はい、この夏に落葉樹の倒木に生えていたものをたくさん採り、十分に干した椎茸を貯蔵してあります」

「椎茸の薬効は特別なんだよ。戻し汁で調理してくれ」

「どのように良いのでしょうか」

「そうだなあ。一言で言えば、男を男らしく、女をより女らしくするありがたいものだ」友と話すような言い回しが飛び出したので、相当わたしは料理人に気を許していたのでしょう。料理人は、「ハァ……？」と息を漏らすような反応をして、クスリと笑いました。

「海の底を泳いでいる魚は薄く切って使う。新鮮なものは蒸す。時が経ったものは焼く。良いな」

「どうして薄く切るのですか」

「身が硬いからだ。薄く切ったほうが旨い。旨ければ食が進む」

「承知いたしました」

「新鮮な菜は甘味料を使わずに煮るのだ。菜そのものの味が濃密なのだ。甘味料はその旨味を損なう。注意してくれ」

「承知いたしました」

「鶏の卵は五日に一度、ひとつお出しするように。身が硬くなるまで煮てはいけないよ。半分ほど煮えたところで水に移し、殻を取らずにお出しする。召し上がるとき、半分殻を剝いて、とろりしたところを召し上がっていただくようにと、侍女に伝えておきなさい。いいね」

「生の卵は、なぜいけないのでしょうか」

「鳥になる大事な黄身を、敵にむざむざ食べられてはなるまい。黄身を守っている白身には毒があるのだ。鳥の知恵だ。煮れば毒は消える」

料理人は目をしばたたかせ、ひどく驚いたらしく、唇を開いたり閉じたりするばかりです。

「鴨は使って良い。そろそろ旨い時季だしな。よく焼いてお出ししてくれ。時節のものはなんであれ華がある。今が盛りの最高のときなのだ。そういうとき食べられる魚や菜は幸せなんだよ。野山のものは三里（約十二キロメートル）四方以内のものを食べる。そうすれば体に気が漲《みなぎ》り、病を寄せつけない」

「どうして三里四方なのでしょうか」

「一日で歩ける距離だからだ。生き生きした菜は体に良い」と言ったのですが、料理人はもっと詳しく知りたい表情を見せています。

「こめかみを良く動かして噛み、お召し上がりくださいと大夫人《だいぶにん》にお伝えするように、ゲンボウの伝言だと侍女に言ってくれ」わたしは料理人の好奇心に敢えて蓋をさせました。時間がありません。料理人はわたしの心境を察したらしく、おずおずと、

「どちらへおいでになられるのですか」と訊いてきました。

「熊野だ」

「……お探しものでも？」

「そうだ。これから大夫人にお伝えにいく。それでそなたに料理を頼んだのだ」

「ハッ」料理人は畏《かしこ》まって返事をし、一礼して立ち去りました。

わたしは急いで自房に戻り、大きな布袋に干飯《ほしいい》を詰められるだけ詰め、旅支度を整え、ミヤコさまのお部屋に赴きました。

ミヤコさまは既に起きておられ、明るくなりつつある東の淡い茄子《なす》色の空を眺めていらっしゃいます。初めてお目に掛かったときの髪は艶も失せ乱れ放題でしたが、既に櫛《くし》で梳《す》いた長い髪が、きれいに肩に流れています。

「ミヤコさま、ゲンボウでございます」立ち姿のミヤコさまを見上げる恰好で床に両の手をつき挨拶をしますと、

「こんなに早く、どうしたのですか」お座りになりながら問われましたので、

「熊野へ参ります。しばらく留守をいたします」と訪問のわけを申し上げました。

「熊野……？」ミヤコさまは声を落とされました。

「留守中の食事はすべて料理人に申しつけてございます。必ずお召し上がりください」

「なぜ熊野へ？」

「ミヤコさまに必要な薬草を探しに参ります」

「都にはないのですか」

「熊野の薬草は効力があると聞いております」

ミヤコさまは目を逸《そ》らされ、思いに耽《ふけ》るような表情をされ、「わたしも行きたい」と言われたのです。わたしは言葉を失いました。都の息苦しい暮らしから身を解き放したくなられたのかもしれません。一抹の哀れを覚え、しばらくミヤコさまを見詰めておりましたわたしはようやく、

「幾つか険しい峠を越えなければなりません。そのお体では……」と言えただけでした。それっきりミヤコさまは口をつぐまれ、どことも知れぬ空の彼方へ視線を向けてしまいました。まだ行ったことのない熊野への道を探しながら歩かなければならない遠出は、ミヤコさまには過酷です。わたしは深く頭を下げ、ミヤコさまのお側を辞し、草鞋《わらじ》を履き、熊野へ向けて出発しました。

耳成山《みみなしやま》や香具山《かぐやま》の穏やかな山容を楽しむときさえ惜しんで、わたしは熊野へ急ぎました。吉野に分け入る。都にはない風景が、矢継ぎ早に現れる。冷たい風が吹いてくる。風は熊野のほうから吹いてくる。山道に沿って、草が豊かに生えている。道端に生える草や茸《きのこ》は薬にはならない、と唐土で聞いている。草鞋が草を踏み潰す。草鞋と擦れ合い、呻《うめ》くような草の音や、風が鳴らす葉音を耳にしながら、道なき道をひたすら歩く。

渦巻く風が、密集する木々の静寂を破る。物《もの》の怪《け》が風になって、わたしを威嚇《いかく》しているよ

うだ。

峠を幾つか越えると紀伊国に到着し、熊野の地に入ったのは、奈良の都を発って四日目の朝でした。干飯は十分持っていますが、虫養《むしやしな》いに食べたり、清流を見つければ布袋から椀と箸を出して干飯を椀に入れ、清《す》んだ川の水を掛け、水飯を作り、さらさら胃に流しました。これでは都に戻り着かないうちに干飯袋は空になりそうですが、それはそれで良い。食べられる植物や木の実を採って、腹の足しにすれば良い。胡人から学んだ知恵が、わたしを救ってくれよう。

山裾《やますそ》に沿って畦《あぜ》のような道を突き進んでいくと、畑仕事をしている農夫が目に飛び込み、近づくと、赤銅《あかがね》色の肌をした若者でした。わたしは若い農夫の傍らにいき、「大麻草を栽培している者を知らないか」と訊いてみました。男は鍬《くわ》の手を止めて「利助のじいさんが作っている」と教えてくれたものですから、疲れが吹っ飛んでいきました。

「その道をいくとでっかい檜《ひのき》がある。その奥の家だ」

男の指が指し示す方向に歩きました。数百年の樹齢がありそうな見事な檜に守られるように掘っ立て小屋があり、老女が中から出てくるところでした。

「利助さんはおるかな」声を掛けると女はびっくりして、しばらくわたしを怪訝《けげん》な目で見ていました。

「怪しい者ではない。都からきた僧だ。利助さんに頼みたいことがあってな」

老女は上目遣いのまま わたしから目を離さず、頭を軽く下げて引き返すと、ほどなく老夫が表に出てきました。粗末ななりのふたりは夫婦なのだろう。

「大麻草を作っていると聞いてきた。譲ってほしい」

良い麻はみんな都にいく。都で手に入るものを、なぜ熊野に求めるのか、怪しい坊主だという風で、利助は垂れ下がった目をわたしに向けました。農夫は、大麻草は糸を紡ぐ材料としか知らないのですから、無理もありません。むろん、薬にするのだとは言えません。本草学の知識も体験もない農夫が大麻草から一種の毒薬を搾《しぼ》り取ることを覚えれば、使ってみたくなるものです。飢饉で食べるものが乏しくなれば、生きるだけで苦しい。大麻の魔性を知れば、手を出したくなる。そして気持ちの良さに酔いながら、廃人になっていく。大麻草に潜む悪を善として使えるのは、わたしだけ。村人が使用したり商売したりすれば、家族は破滅する。その先に村の崩壊が待っています。村が壊れれば、国家は病んでいく。大麻草の正体を素朴な農夫に言えるはずがありません。

「利助さんの大麻草でわしは僧衣を作りたいのだ」嘘も方便です。利助はまだ狐に抓《つま》れているような表情を見せていますが、自分の大麻草はそんなにいいのかと、うれし顔もほんの少し覗《のぞ》かせて、「裏の小屋にある。好きなだけ持っていくがいい」と言って、小屋のほうに歩き出そうとしました。

「畑の大麻草がほしいのだ」

「畑のものより、こっちのほうがいい糸になる」変なことを言う坊主だと言わんばかりです。夏季に収穫する大麻草が良質で、薬を取る場合もその時季のものが優れて良いと胡人から聞いているし、本草書にもそうあるのだが、季節を外したこの時季の大麻草でわたしはミヤコさまを治療し、恢復させなければならないのです。葉は枯れていても、生の葉に混ぜて煎じれば効果はあるのですが、糸を紡ぐために刈り取った茎は使えません。木守《きまも》りの柿のように、畑守りの大麻草は残っていないか。絶頂期を過ぎた大麻草のほうが、体力の弱まっているミヤコさまには、ひょっとしたら良いかもしれません。精力旺盛な大麻草は、体の強健な者が使う精力強壮用の薬物で、それをミヤコさまに差し上げれば、命を落としかねない。わたしは都合良く考え、

「利助さんの大事な生活の糧《かて》を、拙僧が無駄にしては申しわけが立たない。畑に残っている大麻草で良いのだ」と、とにかく畑に連れていってほしい気持ちを伝えました。

「そうですかァ。行ってみるか」利助は浮かない表情で独り言のように言い、どうにも腑に落ちないという顔つきで歩き出しました。真面目な百姓に違いない。

山裾づたいに利助の後ろを歩いていくと、柔らかい土を足の裏に感じました。大麻草の畑の土です。利助が足を止めたので、わたしは利助の横に立ちました。スーッ、スーッと、風が低い波のように吹いてきました。一瞬のことです。体がふわりと浮き、よろけたように感じました。大麻の風です。大麻の香りが、風に舞っています。

「僧衣だと、相当要るな。どれくらい刈ればいいかのォ」大麻の風に馴れている利助はしっかりと地に足をつけています。

「二百本はほしい」体がまだ大麻の風にそよいでいるいい気分で頼みました。

「二百本？」それっぽっちでは袖《そで》ひとつ出来やしないという口調で農夫が言ったものですから、わたしは疑われないために、

「利助さんの大麻草でな、一番大事な部分を作るのだ。わしの僧衣のどこに利助さんの糸が使われるか、考えてみてくれ。楽しいではないか」と笑ってみせました。

「そんなもんですかのォ」わしら下の者にはさっぱりわからんといった風な利助の反応です。

利助が雑草に交じって生えている大麻草を刈り取ろうとしたので、わたしは慌てて、

「利助さん、根こそぎ引っこ抜いてくれ」と頼みました。根に水を含ませながら運べば枯れない。わたしは背負っている旅の荷を足元に下ろして、生気を失っていない大麻草をせっせと根っこごと抜いていきました。利助も手際良く抜いて、ひとところに集めた大麻草を見下ろして、

「これくらいでいいかのォ？」と訊きました。わたしが額の汗を泥で汚れていない手の甲で拭《ぬぐ》いながら「いいだろう」と答えますと、利助は数本根を切り落として、それを縄代わりにし、器用に束ねてくれました。束は三つ。わたしは旅の荷をほどいて畳んだ紙を出し、地面に開いて、大麻草を丁寧に包み、紐で腰に巻きつけました。帰り支度がすっかり整うと、懐

から小さな翡翠《ひすい》をひとつ、利助の皺《しわ》だらけの手に握らせました。唐土で手に入れた翡翠です。銭になるとは利助は思っていないようですが、ただ取りではミヤコさまが治らない気がしたのです。見たことのない緑色の石に利助は驚き、あんぐり口を開けて、

「何かの、これは？」と瞬《また》きもせず訊きました。

「翡翠という石だ。身につけておくと良い。体の具合が悪いと石が濁る。小さな石だが、高値で売れる。礼だ。受け取ってくれ」

こんな地方では物々交換が普通で、絹や食料が喜ばれる物品なのでしょうが、荷になるので持ってきませんでした。利助は、石なんか貰ってもしょうがない、体の具合が悪いからといって休むわけにはいかねえという表情です。

「わしはこれで都へ帰る。世話になった」と声を掛けたのですが、野良仕事の荒れた手の平で緑色の光を放っている翡翠を茫然と眺めたまま利助の反応はありませんでした。

歩いて歩いて、ようやく吉野川に差し掛かりました。わたしは川原に下り、水辺に佇《たたず》みました。水のまろやかな香りが体中に満ち、快い水音が静けさを一層引き立てています。わたしは腰に巻きつけた紐をほどき、紙包みを開いて、大麻草の根を清らかな水に十分に浸し、ついでに茎と葉に水をやり、再び包み直して腰にしっかり縛りました。折角《せっかく》の大麻草です。枯らしては何にもなりません。水を見つけると小まめに大麻草に水をやり、その度に、ミヤコさまへの労働に喜びを感じながら、わたしは足早にミヤコさまの元へ急ぎました。

十

　ウマカイの命令とはいっても、ミヤコさまの生活に関する一切は、世話をする役所、中宮《ちゅうぐう》職《しき》のアベノムシマロの管轄下にあります。ムシマロにチョコチョコ口出しされてはやりにくいので、ミヤコさまのことは総《すべ》てゲンボウに任せる、口は一切挟まないと、マキビの説得でムシマロの約定《やくじょう》を取りつけてあったはずですが、ミヤコさまの病状が気になるらしく、職権を使ってマキビにしばしば詰め寄っているようでした。

「ゲンボウは命懸けで治療に当たっています。今しばらくご辛抱を」と、ムシマロを退けているマキビも内心はらはらしているようで、わたしが熊野から戻った日も、「おい、ゲンボウ、おれに隠しごとはないな？」と迫ったのです。ムシマロが真にミヤコさまを気遣っているのではないことくらい、マキビならずとも、わたしだって承知しています。

「次の手に懸かっている。最後の手段だ」

「何をする気だ？」

「熊野で手に入れた大麻草を使う。胡人が教えてくれた処方だ。これから薬を作る」

「おれにも話さず、こっそり都を留守にしたのは、そのためだったのか。薬司《くすりのつかさ》のものを使わないのは、処方が秘密だからか」マキビは不満そうに唇を嚙んでいます。

「大麻草で治療するとなれば、宮中は大騒ぎになる。知られてはならない」

「そんな薬草を使って、万が一大夫人が中毒死したら、一大事だぞ」マキビも胡人の街で大麻草の効力を実見しています。

「わかっている」わたしは語気を強くして、マキビに覚悟を促しました。

「おれは大麻草のことは聞いてないぞ」治療が失敗したときは、おれを道連れにするなと責任逃れを口走ったマキビですが、おまえに白羽の矢を立てたのは自分だったと思い直したらしく、「おまえが決めた治療法だ。自信があってのことだろう」と、内心の不安を押し殺すようにつけ加えました。

「あらぬ噂はおれが封じる。必ず大夫人を治してくれ」改まった表情で援護の意志をぶつけるマキビの複雑な心境を察して、わたしは、

「今一度言っておく。これからミヤコさまは長い眠りに入る。だれひとり近づけてはならぬ。ムシマロやウマカイに訊かれたら、言ってくれ。長年十分な睡眠を取っておられないミヤコさまは、ゲンボウが唐土より持ち帰った貴重な薬でぐっすり眠っておられる。妨げてはならないとな」厳しい口調で言いますと、マキビは背筋を伸ばして頷き、

「その眠りが体のどこに効くのだと問われたら、何と答える?」

「憂鬱に冒され汚れてしまった血をきれいにするためだと答えてくれ」体の働きを正常にす

るといっても、長安滞在中、まるっきり医学、本草学に関心のなかったマキビは理解できないだろうから、奇妙な言い方ではあっても、わかりやすい説明をしておきました。

マキビと別れ、わたしは自室に籠り、薬の製造に取りかかりました。まず作る薬は眠り薬です。根をつけておいたので枯らさずに持ってこられた大麻草を葉と茎に分け、数十枚の葉は煎じ薬用に退《ど》けておき、後の葉と茎からは膏《こう》（液）を懸命に搾《しぼ》りました。一滴も無駄にできない膏を、細心の注意を払いながら器に溜めていきました。

膏を指先につけて、舐《な》めてみました。胡人のものほど強くはありませんが、くらりときました。波斯《はし》国から長安に胡人が運んでくる薬は膠《にかわ》状に固めた刺激の強いもので、色は真っ黒でした。そんな強い膏を、衰弱したミヤコさまに与えるのは危険すぎる。正真正銘の毒薬になるかもしれない。しかし熊野の大麻草は、日本人の体質に適合するだろう。もしもさほどの効き目がなければ、酒に混ぜたり、ほかの薬草と併せて使えば、十分な効果はあるはずだ。そのことは、膏を口に含んでみたわたし自身の体の変化でわかりました。

葉と茎から膏を搾り尽くしても、幾らも集められませんでした。僅かばかりの液を一滴たりとも残さぬように慎重に竹べらで小さな器に移してから、退けておいた葉の処理に取りかかりました。葉の味は苦く、そのまま食えば人を殺す、と胡人に教わりました。反面、毒は霊験あらたかな妙薬。毒を妙薬に作り変える方法を、わたしは胡人に学んでいます。不安はありません。世界で初めて大麻草を使い、全身麻酔で手術に成功した胡人の外科医、華陀《かだ》

（後漢末の名医）が内心高揚したのか、恐怖におののいたのか、むろんわたしは知る由《よし》もありませんが、わたしの心は喜びに満ち溢れています。成功する保証などありません。なのに、わたしは興奮しているのです。

葉は既に枯れたものもありましたが、枯れても生葉と合わせれば問題ないと胡人は言っていましたので、生葉と枯れ葉をいっしょに混ぜて鍋に入れ、文火《ぶんか》でじんわり炒《い》っていきました。香りが立ってきました。うっとりするほど良い香りです。

鍋を火から下ろして、炒った葉を紙に包み、まだ葉に残っている水分を紙に吸い取らせました。水分がなくなった葉を薬研《やげん》に移し、細かく挽きました。

それに沈香《じんこう》と陳皮《ちんぴ》（乾燥させた柑橘《かんきつ》類の皮）を加え、酒あるいは茶（緑茶を餅のように固めたもの）で服《の》む。それが胡人の教えです。

沈香も陳皮も茶も、帰国のときのあの嵐でも波にさらわれないようにしっかり抱きかかえて、唐土から持ち帰った櫃《ひつ》にしまってあります。

もうひとつ作らなければならない薬が厄介です。胡人とつき合って十年が経ったころに伝授された秘伝の薬で、胡人はその名を波斯語で言っていました。漢語にはない言葉でした。それでわたしは音を勝手に漢語に転換し、「好麻《ハオマ》」と記しました。わたしだけがわかる薬の名です。

好麻、好麻……呪文のように唱え、全身の血が煮えたぎる興奮を覚えながら櫃を開け、貴重薬をひとつひとつ慎重に確認し、床に敷いた紙の上に並べました。

当帰《とうき》、人参、肉桂《にっけい》、芍薬《しゃくやく》、棗《なつめ》、朮《じゅつ》を粉末にして、これに大麻草の葉の粉末を加え、煎じ薬を作っておく。そのあと、胡人から手に入れた丸薬を再加工しなくてはなりません。山羊《やぎ》の乳と童子のユバリ（尿）を糠《ぬか》で練った丸薬を一旦潰して、その中に大麻草から搾り取った膏と酒を垂らし、桑の木の棒でよく掻き回し、練り直す薬です。ミヤコさまは女人ですから、童子のユバリでなければいけない。患者が男なら、穢《けが》れなき少女のユバリで糠を練らなくてはいけないのです。

これは総て陰陽に従った処方である。山羊の乳は生命の源、植物は神に近づく知恵の宝庫であると祆教《けんきょう》は教えている、と胡人は説明していました。そんな莫迦《ばか》な、とわたしは笑って聞いていたものですが、ある日、童子のユバリで練った薬を漢人の男に服ませたところ、全然効かなかった事実を、わたしはこの目で見てしまったのです。

病魔を屈服させる武器は、食と薬である。食と薬を重んじるのが祆教——わたしが祆教にひれ伏した理由です。

わたしはどちらのユバリの丸薬も持っています。ミヤコさまへのは、間違わぬよう、三度確認するほど、神経を遣いました。

好麻の準備を終えて、わたしは櫃から白檀《びゃくだん》の小さな仏像を出しました。長安から持ち帰った仏像です。

何もかもが揃いました。今晩の夕餉からが、本当の治療です。一日目の夜は、炒った大麻草の葉の粉末に沈香と陳皮を混ぜた薬を服んでいただく計画ですが、酒で溶くか茶で溶くか、わたしはまだ決めかねていました。

わたしは使いの者に、料理人を呼びにやらせました。ほどなく息を切らしてやってきた料理人に、

「大夫人の夕餉は焼いた鴨肉五切れに、焼いた秋葱を添えてくれ。椎茸をふたつ水で戻し、塩を振って焼いておくように」と指示しました。料理人は、「鴨も椎茸も良いものを揃えてございます」と張りきった口調で答え、急いで支度にかかりたいらしく、自信満々の足取りで早々に去ってしまいました。鴨肉を選んだのは、一日二日眠っていただくのですから、薬に滋養があるとはいえ、体力の足しになる食べものが必要だったからです。

十一

ミヤコさまの部屋の半蔀《はじとみ》と格子を閉めました。一条の月明かりも射し込んできません。唐三彩の三足盤に火を熾《おこ》し、懐から白檀の小さな仏像を出し、三足盤の前に安置して掌を合わせ、額を床板につけて、深々と拝礼しました。それから仏像を両の手で丁寧に持ち、床に広

げた紫の絹布《けんぷ》の上に移しました。

わたしは小刀で仏像の手を削りました。白檀は恐ろしく堅い木なので、そうたやすく削れませんが、時間をかけてどうにか両方の腕を肩から外し、火にくべました。香炉代わりの唐三彩の盤に炎が立ち昇り、揺らいでいます。炎に向かって、わたしは祆教の言葉を唱えました。


マズダーよ、わたしは乞い願う、一切の安らぎと健康を犠牲にした者のために。

マズダーよ、わたしは乞い願う、生を破壊された者のために武器をふるってください。

マズダーよ、わたしは乞い願う、壊れた女人の体を、風に自在に動く雲にされんことを。

マズダーよ、わたしは賛美します、御身を育てた光と雨と大地を。

マズダーよ、好麻は善《よ》きもの、好麻は正しく作られたもの、好麻は美しき体を持つ者の魂の道案内。好麻の過激なる味は死を遠ざけ、悦びをもたらすもの。

マズダーよ、御身の強さ、御身の力をここへ。わたしはこの体を御身に捧げます。


立ち昇る紅蓮《ぐれん》の炎を背に、両の手を失った小さな仏像が堂々と二本の足で立っています。白檀の香煙が部屋に満ち、幻覚に襲われそうです。わたしはミヤコさまのほうに体を向けて、夕餉の膳を差し出しまして、

「鴨肉と秋葱と椎茸の焼きもの、それに唐土で習得しました特別な飲みものでございます。

全部お召し上がりください」

飲みものは、炒った大麻草の葉の粉末に沈香と細かく刻んだ陳皮を混ぜた煎じ薬です。胡人は酒か茶で煎じろと言っていましたが、酒も茶もミヤコさまには強すぎるだろうと判断し、胡人の教えに背いて、椀一杯の湯に溶かし、文火でしばらく煎じる処方にしました。わたし独自の方法でやってみた結果、効果が失われてしまうかもしれませんが、今となっては服んでいただくしかありません。ここで薬を引っ込めれば、微かに芽生えているわたしへの信頼は、一気に掻き消えてしまうでしょうから。

「いつ熊野から戻りましたか」

「昨日です」

「熊野へは、その飲みもののためですか？」

毒とは言わなかったものの、特別な飲みものだと、またもうっかり口走ってしまったわたしの落ち度を、ミヤコさまは聞き逃しませんでした。過敏な神経をお持ちなのでしょう。ミヤコさまへの思いが募るばかりのわたしは、「さようでございます」と正直に答えました。

「ゲンボウは飲まないのですか？」

「貴重なものです。わたしの分はございません」

「では、わたしのものを半分飲んでください」

どういう気持ちで言われたのでしょうか？　安心させながら、わたしを毒殺する……反射的に働いた防御なのか、悪ふざけなのか、それとも貴重な飲みものならいっしょにどうかという親切心なのか、あるいはいっしょに死んでくださいとすがっているのか、どれともわかりませんが、悪意とは無縁の誘い文句だろうと思いつつ、わたしは、

「めっそうもございません」と断るのが精一杯でした。ミヤコさまは何か思い詰めている表情でしたが、椀を両の手で取り上げると、わたしを無視するかのように一気に飲み干されました。それから椀を膳に戻されて、目をつぶられました。蒼ざめた顔が、わたしは毒を服まされた、と言っているようでした。

「お味はいかがでしたか?」わたしは少しばかり不安な心持ちで尋ねました。

「おいしくないですね」

「お体に良いものです。鴨も椎茸もお食べください」わたしを信じてくださいミヤコさま。あなたとわたしは一心同体なのですから。その気持ちを伝えたくて、わたしは先に箸を取りました。

「そろそろ毒が廻るころですか?」散る花のようなお声で言われます。

「善い毒もございます」わたしはミヤコさまに微笑みかけ、箸を伸ばして鴨肉をひと切れ抓んで口に入れました。

「ウム、なかなかな鴨です。料理人の腕も上がりました」ゴクッと呑み込んでから、わたしは努めて明るく感想を述べますと、ミヤコさまも鴨肉をひと切れ口に入れました。毒は鴨の

ほうですか？　と言わんばかりの、いささか粗野な召し上がり方で……。

「こめかみが動くほどに良く噛んでください。口の中においしさが湧き出てきます。五臓六腑に良い食べ方です」わたしはミヤコさまの疑念を、無駄ですよと伝えるつもりで、明るく言ってのけました。長い髪にこめかみが隠れているので、動きを窺うことはできませんけれど、懸命に口を動かしているように感じられます。毒殺されると覚悟しているのに、おいしく食べようとしている……。五臓六腑を活気づけようとしている……。死を受け入れる人の最期の食べ方なのか、それとも生に向かいたいのか、ミヤコさまの心の中が見えません。が、ミヤコさまを元の女人に還してあげたい強い思いだけが、わたしを支えています。

ミヤコさまは食事を全部召し上がりまして、

「そろそろ毒が効いてくるころですか」と再び静かに言われました。

「はい、そろそろ」

「では、お別れに訊いておきたいことがあります」

「どのようなことでしょうか？」

「なぜ仏像を燃やしたのですか？」

「火を信仰しているからです。仏像を拝まず、火を拝む。わたしの宗教です」

「この国は仏教を広めているのですよ」

朝廷や政治家が仏教伝播《でんぱ》に国家の財を投入している動向を、幽閉同然のミヤコさまはだれから聞かされているのだろう。侍女からだろうか。中宮職に務める者からだろうか。

「確かに。しかしわたしは唐土で仏教のほかに祆教を学びました。火を崇《あが》める教えです。火の貴さ、恐ろしさを心底知り、理解すれば、人々は火を信仰するはずです。良い体をつくる料理は火の力、すなわち火の信仰と、命を育て守る料理は、深く強く結びついているのです。仏像の背後に香木や金銅で火を象《かたど》るのは祆教の影響です。ご存じでしょうか」

「僧はみな経を唱え、写経し、仏の道を学んでいますね」

「わたしが信じる祆教は違います。火を崇め、火と共にあれば、神と共にあるのです。神と共にある実感が大切なのです」

白檀の炎が蒼白い顔を朱に染め、白煙がミヤコさまの輪郭を崩しています。

ミヤコさまの細い目が突然、倍ほどの大きさに見開かれました。その目は、煙に沁《し》みたのでしょうか、涙を湛《たた》え、今にもこぼれそうでした。わたしはミヤコさまの涙の海に身を浮かべてみたい衝動に駆られ、あなたの病をこのゲンボウが祆教の教えで治してみせます、と思わず口走りそうになりました。

ミヤコさまは崩れるように床に伏しました。煎じ薬が効いてきたようです。湯で煎じた方法は、ミヤコさまに適していた！　わたしから不安がひとつ、消えていきました。

わたしはミヤコさまを抱き上げ、燃え上がる仏像の炎で空気が暖まっているあたりに寝かせ、綿衣《わたぎぬ》の宿直物《とのいもの》を掛けて差し上げました。ミヤコさまの髪が微かに白檀の香りを吸っています。

　気が遠くなるほどの長い年月を、だれとも語らず、重い病人として扱われ、ひとりこの部屋で生きてきたミヤコさまが、体は貧弱で顔の不細工な、女人の関心を惹いた例《ためし》のないこのゲンボウの煎じ薬を、毒でも構わないと服み干してくれた。わたしの目の前の光景は、食事、大麻草の葉の煎じ薬、白檀の香り、仏像の炎の力が重なり合って、もたらしているものなのだろうか。

　わたしに話すとき、昔の記憶が一瞬蘇るような反応が、ミヤコさまに垣間見える。それもこれも総て、胡人の治療法の成果なのだろうか。これが祆教の力なのだろうか。それともミヤコさまは体の芯《しん》がお丈夫で、病はそこまで冒せなかったとみるべきなのだろうか。

　わたしはミヤコさまの傍《かたわ》らに横たわり、ミヤコさまを抱き締め、ミヤコさまの唇に指を滑らせました。柔らかな唇を指に感じながら、わたしは次の薬を差し上げる日が待ち遠しくてなりませんでした。

　長い間ミヤコさまを抱き締めていたわたしが自房に戻ったのは夜明け前でした。興奮が体を熱くさせ、頭は冴えきっています。味わったことのない愉悦が、胸を膨らませています。眠るのがもったいない朝ぼらけです。不幸な人がくれた愉悦が、体中に溶け込んでいます。ミヤコさまの唇に触れて、今なお歓喜の余韻に奮《ふる》えている指で頁をめくりながら、次の好麻に落ち度はないか、わたしは今一度、本草書に目を通しておこうと思いました。

——芍薬は悪血を散らし、膀胱《ぼうこう》の働きを正常にする。婦人の病に良い。棗は良く乾かした大棗《たいそう》を用いよ。非常に栄養価が高い。良く煮た果肉は脾臓《ひぞう》、胃の薬にはなはだ良い。血の流れを正常にして、四肢を軽くし、精神不安に良く効く。秋葱、魚と共に食ってはならない。腰、腹を傷める——。

「そうか、棗と秋葱と魚をいっしょに使ってはだめだ。これは料理人に教えておかなければならない」わたしは口に出して、自分に言い聞かせておきました。

——地精《ちせい》の名を持つ人参は邪気を除く。衰弱した五臓の気を恢復させ、食物を良く消化する。顔色の蒼き者、黒ずんだ者は、脾、肺、腎の気が不足している結果である。人参を用いよ——。

「人の形をした最高の高麗人参を使えと胡人は敢えて言っていたな。これもミヤコさまに必要だ」わたしは神草の異名を持つ人の形に瓜ふたつの人参を持っています。ミヤコさまのために唐土から持ち帰ったような気分になり、童子のようにうきうきしました。

——朮は手足の経絡に入り、食欲を増進し、婦人の冷えを治す——。

「よし、芍薬、棗、人参、朮は相殺し合わない。これらと鎮静効果のある当帰の根を酒で炒め合わせる。当帰の根は血を生き生きとさせ、体の痛みを除くから、ミヤコさまには欠かせない。これに肉桂を加える。肉桂は肝の気を増し、老いを退け、畏《おそ》れるところなしの上薬だ。わたしの好麻は特上になるぞ！」

ミヤコさまの薬に自信を持ったわたしの脳裡を突如、唐土でわたしの師匠だった胡人の商人の言葉が水のようにさらさら流れていきました。――陽の気だけでも人は病む。陰の気だけでも人は病む。大切なのは、陽と陰の気の調和なのだ。陽と陰の気が調和して初めて新鮮な血が全身に巡る。血が巡れば、人は病を克服できる。薬は過剰に与えるな。忘れるなよ、ゲンボウ――。

夜が明けました。わたしは部屋の格子を全部開き、冷えた朝の心地良い空気が体の隅々まで行き渡るように、深く吸い込みました。

晩秋の都の静謐《せいひつ》な空気に身を委ねていた快いひとときが、荒々しい足音で破られました。音の方向に顔を向けると、大股に歩いてくるマキビが見え、

「早いな。どうした?」と、苦笑いしました。

「吉報だ。ナカマロが生きていた」マキビが声を弾ませています。

「ナカマロ?」わたしの心はミヤコさまに占領されているので、それがだれを指しているのか、咄嗟にピンときませんでした。

「遣唐使のアベノナカマロだ」

「そうか。どこにいるのだ?」ナカマロがわたしらの第一船で帰国しなかったのは、わかっている。別の船に乗ったかどうかまでは、わからなかった。弾んでいるマキビの調子とは裏

腹に、わたしの反応は冷静でした。

「唐土にいる」

「帰国したくないのかな……？」

「ナカマロの乗った船は漂流し、海に沈んだ者は数知れず、ナカマロはかろうじて長安に戻った。そういうことだ」マキビはナカマロが乗った船の不運を目撃したかのように興奮しています。そして目にうっすら安らぎの色を浮かべていました。ナカマロの命が助かったからではなく、マキビの前途を阻《はば》む男が目の前から消えた歓びの色のようでした。

「どこからの報《しら》せだ？」次の遣唐使船を長安に向かわせる計画は何年も先だと聞いています。帰国する者はその船を使って日本に帰らなければならないのですが、唐への船がなければ、帰る方法はないのです。われわれの船が日本に着いていくらも月日が経っていないのに、次の帰国船があるはずはない。ナカマロの消息を一体だれがマキビの耳に入れたのか、疑問でした。訊くと、

「新羅《しらぎ》の使者だ。その者は唐土のどこかでナカマロを見たそうだ」

「人違いではないのか？」

「その男が見たと言うのだから、見たのだろう」マキビの返事が怪しくなります。

「そうか……。この国にとっては損害だな」マキビの心中を慮《おもんぱか》るより、有能な男を失うのは、国の未来にとって痛手です。

「日本に帰りたいという強い意志があれば、おれたちの船のように嵐を乗り越えられた。ナカマロは結局、運に見放された男だ」命を落とすほどの危険を二度も冒してまで、ナカマロは故国へ帰るまい。そう読みきっているマキビは余裕綽々《しやくしやく》です。

わたしの想像を遥かに超えて、マキビはナカマロの帰国を気にしていたのです。気にするあまり、マキビはナカマロ遭難の夢でも見たのではないか。夢と新羅の使者の話が錯綜《さくそう》し、ナカマロは長安に戻ってしまったという妄想が、マキビの頭の中で出来あがっているのではないか。わたしはどこまでも疑っていたのです。

「おまえとナカマロは背負った運が違うようだ。ナカマロは唐人になる。有能で尊敬できる唐の日本人になる」マキビからナカマロの幻影を断ち切ってやりたくなりました。

「ナカマロは仏の教えとも無縁だしな。年老いて帰国しても、活躍する舞台は限られる」ナカマロの未来をマキビはそう予測して、口にしたようです。

「おまえだって大して違わない」わたしは笑い飛ばしました。

「仏教はこの国を治める大事な事業だ。だが今は、医術も人心を摑む重要な手段だ」調子づいたマキビが、いきなりわたしの背中を撫でてきました。

「おれの医術で朝廷や貴族の心を摑めと策謀《さくぼう》したのは、おまえだ」

「はっきり言ってくれるな」明るい調子でマキビが言います。どう言われようと、今、マキビは気分が良いのです。

「おれは帝とフジワラに祆教の力を教えたいだけだ。ミヤコさまを治せば、それが叶う。それはそうと、ナカマロは唐の詩人と親しかったなあ」わたしは話を蒸し返してみました。

「王維《おうい》や李白だ。知ってるか？」もうナカマロを気にしてはいない口振りです。

「すれ違ったことくらいはある。生憎《あいにく》おれはその道に縁がなくてな」

「李白は碧海《へきかい》に沈むとかいう詩を詠んで、ナカマロの遭難を悲しんだそうだ」

「新羅の使者がそう言ったのか？」

「嘘でそんなことは言えまい」

マキビの言う通りです。それでもわたしはマキビがまだ、妄想と現実の倒錯の風に煽られているように思えてなりませんでした。

「お経ではなく、詩で弔ったのか。それはいい」わたしは坊主にあるまじき感想を口走り、高笑いしました。

「ナカマロは自分の女のいる家に王維を呼び、楽しんでいた。詩作に耽《ふけ》り、あまつさえ帰国を果たさない行為は、国家への裏切りだ」

学問の上でも詩作の上でもナカマロに引け目を感じていたマキビは、このときとばかり、いいようにナカマロを非難し、やっつけています。

不意に、わたしを呼ぶミヤコさまの声が聞こえた気がしました。

十二

祆教《けんきょう》の秘伝中の秘伝である好麻《ハオマ》を、帝の生母ミヤコさまに試すことになろうとは。

不安はあるものの知りたくてうずうずしていた好麻の力がどれほどのものか、最初の患者がミヤコさまであった巡り合わせに、火の神がわたしに降りてきたように思えました。

アベノナカマロの霊に取り憑《つ》かれているような話をマキビに聞かされた次の日の、林の向こうから昇った月の色が次第に濃くなりつつある時刻、わたしは懐《ふところ》に両の手が削られた白檀の仏像と好麻と小刀を忍ばせて、短い炎を上げている唐三彩の三足盤を手に持ち、料理人を連れて、ミヤコさまの居室に向かいました。

料理人は熨斗《のし》鮑《あわび》、粥、塩で味つけした蒸し百合根と煎じ薬の椀を載せたミヤコさまの膳と、煎じ薬がないわたしの膳を両の手でしっかり持って、煎じ薬がこぼれないように、いつもより足元に注意を配りながら、わたしのすぐ後ろを歩いています。

料理人は煎じ薬の内容を知りたがっていましたが、これぱかりは秘中の秘、教えるわけにはいきません。配合を間違えれば、毒になります。危険な薬物にもなる煎じ薬は、教えられません。

「熨斗鮑の出来は良さそうだな」わたしは歩きながら料理人に言いました。

「はい。日と風の加減がよろしかったものですから」

「旨味《うまみ》は太陽と風の力で決まる。どのくらい干したのだ?」

「七日、干しました」干して石のように堅くなった熨斗鮑を蒸して旨味を生き返らせ、口当たりよく調理できたひと品に、料理人は満足気です。

「見事な琥珀《こはく》色だ。さぞ大夫人もお喜びになろう。鮑の貝は石決明《せっけつめい》という薬になる。目を患ったときの妙薬だ。知っておくと役に立つ。いつかそなたに教えておこう」

「ありがとうございます」料理と合体して一層効力を発揮する薬の作り方を、やっとひとつ知ることができると思ったのでしょう、料理人はうれしそうです。

いつものように心得た仕草でミヤコさまの部屋の前廊下に膳を置くと、料理人は深く一礼して立ち去りました。

座り姿のミヤコさまが、廊下に立つわたしの目には、闇を切り抜いた人型のように、ぼんやり映っています。

わたしは料理の膳をミヤコさまの前に運び、唐三彩の三足盤をミヤコさまから少し離れたところに置き、懐から白い絹布《けんぷ》に包んだ丸薬と、両の手を失った白檀の小さな仏像と小刀を取り出し、そっと床に置き、それから静かに絹布を開き、仏像に掌《てのひら》を合わせてから、二本の足を削り取るために、仏像の足のつけ根に小刀を当てました。

白檀は櫟《くぬぎ》や欅《けやき》などよりも堅いので手間が掛かりましたが、ようやく胴体から切り離せた二本の足を盤の火種《ひだね》の上に移し、交脚に組みました。

白檀の香煙が、上に下に漂う羽衣のように、ミヤコさまのほうに流れていきます。

わたしは煎じ薬の入った椀をミヤコさまの膳から両の手で持ち上げて、自分の膝の前に移しました。

ミヤコさまのお顔を見ないまま黙々と作業を進めているわたしを、ミヤコさまがじっとご覧になっている様子が、気配で知れました。

わたしは小さく丸めた練り薬をひと粒、煎じ薬の椀に落とし、桑の木の棒で注意深く、ゆっくりと、練り薬の塊が残らないように入念に潰《つぶ》しながら掻き回し、溶かしました。

煎じ薬は、当帰《とうき》、人参、肉桂《にっけい》、芍薬《しゃくやく》、棗《なつめ》、朮《じゅつ》の粉末に大麻草の葉の粉末を混ぜ、水を加えて、文火《ぶんか》でじっくり煎じ、濾《こ》したものです。

練り薬は、大麻草の葉と茎から搾《しぼ》り取った液に、胡人から手に入れた山羊《やぎ》の乳と童子のユバリを糠《ぬか》で練ったものです。

練り薬は、煎じ薬に滑らかに溶けました。

「熨斗鮑に百合根の蒸しものと粥《かゆ》でございます。椀の中身は、唐で手に入れました煎じ薬です」ミヤコさまの膳に椀を置き直して、わたしは初めて口を開きました。

「薬の名は?」

「好麻です。前にお服《の》みになられた薬も好麻ですが、中身に違いがございます」

「ゲンボウが考えた中身ですか？」

「はい。ミヤコさまのお体に合うように配合し、作りました」

「先の薬はよく眠れました。この薬を服むと、どうなるのですか」ミヤコさまのお顔に、警戒心がないように見受けられました。

「心地良い眠りに入り、楽しい夢を見るはずです」

「……どこの海の鮑ですか」膳の鮑にじっと目を向けたまま、ミヤコさまが訊きます。

「紀伊の海です」ミヤコさまは海のものに殊《こと》のほか関心があるようです。平城京に海がないからでしょうか。それともほかに特別な理由があるのでしょうか。

ミヤコさまに関することは、何でも知りたい。じわりと興味が湧いていました。

ミヤコさまは熨斗鮑のひと切れを口に入れ、随分嚙み砕かれてから呑み込まれました。こめかみが動くような嚙み方を……。以前のわたしの忠告を、ミヤコさまは守ってくれているのです。

それから煎じ薬を服まれました。じっとミヤコさまの表情を観察しておりますわたしにぽろりと、

「不思議な味です」と漏らされました。毒と言わず、不思議と言われたのです。

「不思議とは？」敢えて訊いてみました。

「いろいろな味が混じり合っていますね」

「およそ十種類ほどの植物の養分でお作りしました」童子のユバリで練った秘薬に大麻草と薬草を加えたものですとは、口が裂けても明かせません。

ミヤコさまは時間を掛けて料理をきれいに召し上がり、煎じ薬も服み干されました。

白檀の煙が、わたしたちを包んでいます。

「眠い。とても眠い。横になります」淡い霧のような声で言われ、ふらりと立ち上がり、三足盤近くの床に横になりました。

ミヤコさまに綿衣を掛け、わたしは傍らで胡座《あぐら》をかきました。好麻の効果を見届けなければなりません。調合の具合で異変が起こるかもしれませんから、お側を離れるわけにはいきませんでした。

「ゲンボウ」ミヤコさまが掠《かす》れ声でわたしを呼びました。

「はい、ミヤコさま、ここにおります」わたしはミヤコさまの耳元に口を近づけて、返事をしました。

「わたしの隣にきてほしい」

「ハッ?」

ミヤコさまが綿衣をめくり上げました。わたしの心の臓が、大きな音を立てています。すぐにでもミヤコさまと同衾《どうきん》したい。じりじり蠢《うごめ》く情欲を必死に捩《ね》じ伏せて、

「そのようなことをおっしゃってはいけません」と柔らかく拒みました。

「わたしが見る夢を、ゲンボウに見せたいのです」少しばかり悲しげなお顔です。

ミヤコさまの夢を盗みたい。が、そんな芸当など、できるわけがありません。

ミヤコさまがおっしゃる意味をわたしは理解できませんでしたが、そんなことはどうでも良いのです。

ミヤコさまを抱き締めたい。

体が熱くなっていました。わたしは立場もわきまえず、荒々しく上衣を脱ぎ、ミヤコさまの横に体を辷《すべ》り込ませました。

ミヤコさまは目をつぶったままです。好麻が効いてきたようです。

ミヤコさまの手がわたしの手を取り、自分の肌に誘います。言葉を発しないミヤコさまが、手で語りかけてきます。されるがままに、わたしの手がミヤコさまの乳房を摑みました。それからわたしはその手を体の起伏に沿って動かしていきました。

ミヤコさまの確かな年齢を知る人はいませんが、五十歳は越えているはずで、わたしの手の中のミヤコさまの乳房に、弾力はありません。

しかしミヤコさまの体は、脱皮する生きもののように、波打っています。

わたしはミヤコさまの下紐をほどきました。自分の下着を脱ぐ手がもどかしい。

わたしの手はミヤコさまの生温かい肢体を自在に這い、唇を閉じたり開いたりしているミヤコさまの恍惚《こうこつ》とした表情に、わたしの体は耐えられない域に高まっていました。

これは好麻の力だ。胡人が言っていたではないか――好麻は脳髄を刺激し、爽快な気分にさせると。

やはりこれは好麻の働きだ。

そうとわかっていながら、それだって構わない。ミヤコさまを抱いていたい。ミヤコさまの体に魅入られ、引き込まれていくわたしの体と好麻の魔力が相乗して、ミヤコさまの病は治癒する。ミヤコさまへのわたしの思いが、ミヤコさまを治すのだ。

ミヤコさまの体が、わたしの腕の中で、みるみる若い女になっていきました――。

瞬く間に随分ときが経ってしまったらしく、鳥のさえずりが聞こえます。今日も良い空だと、鳥の声が教えています。

ミヤコさまはわたしの腕《かいな》に顔を埋《うず》めて、眠っています。わたしは静かに腕を抜きました。ミヤコさまの身の回りの世話係が出仕する前に、僧房に戻らなければ……。

わたしは手早く僧衣を纏《まと》いました。しかし慌ただしくミヤコさまの元を離れるわけにはいきません。ミヤコさまはあられもない姿で眠っているのです。

人形のようにだらりとした女体に急いで衣類を着せ、髪を手櫛で撫でつけて、乱れを整えてから、綿衣を掛け直しました。

生気を発しているミヤコさまの寝顔を上から眺めながら僧衣を纏っているわたしは、自分の体にもとくとくと新しい生気が湧いてくるのがわかりました。

この愉悦を永遠に留めたい。

わたしは今一度ミヤコさまの体に触れたくなり、綿衣をめくりかけたとき、鋭い鳥の鳴き声が耳を貫きました。鋭く空《くう》を切る鳥の声が、わたしをミヤコさまから引き離したのでした。

十三

ミヤコさまの料理を作り、好麻を与え続けるのは七日七夜、それがわたしの計画です。唐土の優れた薬師は、十日与えて効かなければ、その薬はその者には効かない、処方を替えよ、体質はひとりひとり異なるゆえ、その患者の体質に適う処方を見つけ出せ、と教えてくれました。昼間、ミヤコさまに仕える女官の報告によれば、ミヤコさまは暗く沈み込むことも、宙を泳ぐ目で独り言を呟《つぶや》くこともない変わりよう、ということでした。

ミヤコさまに食欲が出てきました。

好麻を服み出して四日目の夕餉は七分粥、焼き魚、青菜の煮物にしてみましたところ、ミヤコさまはおいしそうに召し上がりました。

「そなたの料理を大夫人は気に入っておられるぞ」わたしは料理人を褒めてやりました。料理人は丸い目に天にも昇るような輝きを浮かべて喜び、「もうよい、もうよい」とわたしが頭を上げさせるまで、低頭していたのです。

三日目より四日目、四日目より五日目と、ミヤコさまの笑い声は増えていきました。長い間、腐臭《ふしゅう》漂うような部屋で、闇に押さえ込まれていた感情が、突如結界を破って現れ出たかのように、その笑い声は若い女人の歓びに似ています。皮膚は艶《つや》やかで、わたしの目に映るミヤコさまは女盛りです。

七日目の夜を迎えました。白檀の仏像の頭部を焚《た》く夜です。一体の仏像が、ミヤコさまの病魔を焼き尽くす夜です。

この日の夕餉は、醬《ひしお》に漬けておいた猪肉の焼きもの、軽く茹でてから酢《す》に漬けた茗荷《みょうが》、一年を経た昆布を軽く焙《あぶ》り、食べやすい大きさに切ったものに、蓮根の煮ものと赤小豆《あかつき》粥です。

蓮根の煮ものは、薄く切って、酢を落とした水に落とし、そのまま武火《ぶか》で軟らかくなるまで煮る。それから水に晒《さら》して、熱が取れたら皮を剝《む》き、もう一度水に晒せば、酢の強い味が消えてくれる、と料理人に指導して、作らせたものです。なかなか良い出来です。

唐三彩の盤の火種の上に仏像の頭をおもむろに載せ、それからミヤコさまに夕餉を差し上げました。

ミヤコさまは食べることが楽しくなったようで、にこやかな表情で召し上がっています。

何の気なしに、わたしはふと三足盤の炎に目を向けました。三足盤の内側が、黄色い光に溢れています。不思議に思い、わたしは箸を置き、盤ににじり寄ってみました。何と、仏頭が黄金色《こがねいろ》に縁取られているのです。

「ミヤコさま、ご覧ください」奇異なわたしの呼び掛けに立ち上がって、しっかりした足取りでわたしの傍《かたわ》らまで歩いてこられたミヤコさまが、

「まっ！」と驚きの声を上げ、大きく開いた口を慌てて手で覆いました。

わたしの横にお座りになられたミヤコさまは、黄金色に縁取られて輝く仏の美しさに目を奪われておられました。

「これは、火を崇《あが》めよと教える祆教の神のお姿です」黄金の炎がわたしに言わせていました。

「どういうことですか」ミヤコさまは黄金色の炎を見詰めたまま問われました。

「長い間苦しまれたミヤコさまのお体を恢復させたい一心で、わたしは仏像を燃やしました。この仏はミヤコさまのためにあったのです。〝ゲンボウ、おまえの方法は間違っていなかったぞ〟。そのように祆教の神が示されているのです。あなたは治ったのです。火がミヤコさまを治したのです」

「わたしを治してくれたのはゲンボウです」

「いいえ、ミヤコさま、わたしではありません。火です」

「あなたが火を崇拝するというのは、そういうことだったのですか。煎じ薬も、祆教の教えですか」ミヤコさまが、沢を流れる水音のような調子で問うたのです。

「祆教を信じる胡人に教えてもらいました。十年かけて学びました」

「最初の患者がわたしですか？」

「はい。必ず治ると信じておりましたが、わたしもこの命を懸けました」

「ゲンボウ」

「はい」

「……」無言のまま、ミヤコさまはわたしの胸に顔を埋めました。わたしはミヤコさまを床に倒し、着物を剝ぎ取り、温かな肌を舐め、下半身を這う指の先が女陰に触れました。その柔らかさにわたしの胸が弾け、くぐもった声を上げながら、ミヤコさまのすべてをいとおしみました。

身悶《もだ》えするミヤコさまの声が、燃え上がる黄金色の炎に吸い込まれていきます。

今宵の好麻は酒で溶きました。長く火に掛ければ、酔う成分が消えてしまうので、文火から片ときも目を離さず、火が通ったところで鼎《かなえ》を素早く竈《かまど》から下ろしました。今宵の好麻の調整にひと際神経を遣ったわたしの苦心は、報われました。ミヤコさまの体に新しい肉がつき、肌は瑞々《みずみず》しく、瞳は黒々と艶を放ち、初々《ういうい》しい感情に彩られた愉楽の声を漏らされたのですから。

わたしに抱かれるミヤコさまは別人です。好麻に出会って、ミヤコさまの深いところに閉じ込められていたミヤコさま自身が引き出され、動き出したのです。

ミヤコさまの額、胸に、汗が光っています。わたしの全身に汗が迸《ほとばし》っています。わたしは宙に浮き、漂っているようでした。

「ゲンボウ」そよそよと吹く風に揺れる花びらのようなミヤコさまの声。

「はい」わたしはミヤコさまのふっくらした頬を撫でながら、返事をしました。

「夢を見ました」

「どのような夢ですか」

「海に潜っている夢です」

「ミヤコさまが、ですか？」

「ええ」

ふたつの肉体がひとつになった悦楽を、ミヤコさまは海になぞらえて語られたのだろうと思いました。が、しかしミヤコさまは思いも寄らない話をされたのです。

「わたしは紀伊国の海女《あま》でした」

「そのような夢をご覧になったのですか？」

「夢ではありません。わたしの出自です」

隠されていたミヤコさまの過去の総てを知る人は、ミヤコさま本人以外、最早いないのです。

思いがけない告白です。わたしは下賤《げせん》の身を打ち明けるミヤコさまがいじらしく、今一度、抱き締めたくなりました。過去を心の深くに閉じ込めて、二度とその扉を開くことはないだろうと、ミヤコさま自身諦めていたことでしょう。が、しかしミヤコさまは自分の意志で、過去の扉の錠を外されたのです。

わたしはミヤコさまに腕枕をして差し上げました。ミヤコさまはわたしの腕に頬を載せて、「浜の女たちと魚や貝を捕って暮らしていました」と続けたのです。心無し、さびしいお声で。

「それでミヤコさまは魚や貝の料理がお好きなのですね」

「広いきれいな海に潜っているときは幸せでした」

「海のない平城京にあなたを連れてきたのはフジワラノフヒトですね」フジワラの権力がミヤコさまを白浜の海から引き離したと、わたしがためらいもなく言いますと、

「いいえ、お若かったカルノミコさまです」と言われたのです。亡き先帝モンムを慕う気持ちが、ミヤコさまにそう言わせたのでしょう。そのころのわたしは一介の貧しい修行僧にすぎませんので、朝廷内の出来事など別世界のことでしたが、ミヤコさまの告白には少なからず驚かされました。

「カルノミコさまは体の弱いお方でしたので、日焼けしたわたしに憧れたのでしょう」

「それでミヤコさまを求められたのですね」

「でも賤《いや》しい身分のわたしが朝廷に入ることなどできません」

「しかしあなたは帝モンムの妻になられた」

「わたしは海の女です。お断りしましたが、聞き入れてはいただけませんでした。権力に逆らうことなど、できませんでした」ミヤコさまの体が震えています。わたしは手枕の腕を曲げ、ミヤコさまの顔を胸に引き寄せ、

「フジワラ家の権力のことですね」と囁《ささや》きました。

「フヒトさまがわたしを養女にされたのです」

「あなたを一旦フジワラノフヒトの娘にして、カルノミコさまと結婚させた。朝廷とフジワラ家は結びつき、権力を一手に握った。そういうことだったのですね」

「……権力は恐ろしいものです。何でもできるのです」

利用されたとはいえ、権力をフジワラに集中させた要《かなめ》がミヤコさまだった……とも言えます。しかしミヤコさまは海の女だったのです。宮中のしきたりに縛られた生活など窮屈なだけで益はなく、不幸な出来事だったのです。

思えばミヤコさまと則天武后《そくてんぶこう》は共に下賤な身分の出です。が、武后は魂まで悪。海の魂を宿すミヤコさまは……。

深い考えがあったわけでもなくわたしが語った武后の話でミヤコさまに、ワタシガ強烈ナ性格ノ女ダッタナラ……そんな気持ちがふと起こり、ミヤコさまのどこかを刺激してしまったのでしょうか。

ミヤコさまの病を治せと、マキビを使ってフジワラがこのゲンボウに命じたのは、最新の医学、薬学を駆使して、あらん限りの手は尽くしたという事実が、帝の手前、必要だった……。朝廷と既に縁を結んでいるフジワラにとって、最早ミヤコは不要な女。運良く、ゲンボウの治療が失敗すれば、ミヤコは死ぬ。ゲンボウは、帝の生母の命を奪った重罪人、首を刎《は》ねれば済むことだ……。

そう考えると、フジワラはミヤコさまの恢復を本心では望んでいなかった。亡霊のように生きているミヤコさまを人知れず死に追いやれる医官も僧侶も、しかしいなかった、ということではないだろうか……。

ミヤコ殺害がフジワラの暗黙の命令であったとしても、大夫人の息の根を止めるなど、医官や僧侶にとっては畏《おそ》れ多いこと、とてもできることではない。そうであるとも、そうではないともわからないことだが、わたしに命じた治療は、ミヤコさまを葬るフジワラの最後の陰謀だった。しかしミヤコさまの恢復で、その陰謀は崩れた……そんな気がしてならないのです。

あれやこれや考えを巡らせていたわたしは、

「ミヤコさま、わたしは死ぬまで、あなた側の人間です。いいですね、忘れないでください」とミヤコさまを強く抱き締めました。

間も無く夜が明ける時刻です。ミヤコさまは安心された表情で眠っています。わたしはミヤコさまに声を掛けました。

「夕暮れどきにまたまいります。いっしょに琵琶を聴きましょう」ミヤコさまに聞こえたかどうか、わかりません。

わたしは僧房に帰り、夜明けを告げる一番鶏が鳴くのを今か今かと待ちました。

十四

透き通った淡い縹色《はなだいろ》の空が広がっていきます。

力強い一番鶏の声が、わたしの血を滾《たぎ》らせました。わたしは急ぎ足で、マキビの邸《やしき》に向かいました。

「ゲンボウさま、何事でございますか？　このようにお早く」わたしに近づいてきた雑用係が、怪訝《けげん》な表情を見せました。

「至急マキビに会いたい」

雑用係はわたしとマキビの間柄をよく承知しているので、用向きを問う手間を省いて、マキビのところに案内してくれました。雑用係が去るのを見届けて、わたしは身支度を整えているマキビの正面に立ち、

「ミヤコさまが恢復されたぞ」逸《はや》る心を抑えるのも忘れて、知らせてやりました。

「まことか！」マキビが歓びと驚きをない混ぜた口調で言い、わたしの肩を強い力でバンと叩きました。大柄なマキビは、小男のわたしへの力加減を誤ったのか、それとも嬉しさの余り力が入りすぎたのか、空っぽの腹に響きました。

「おまえと初めて会ったときのミヤコさまでは、最早ない」

「さっそくウマカイさまにお知らせしよう」マキビが浮き足立っています。

「待て。その前に、おまえにやってほしいことがある」

「何だ？」

「琵琶を弾いてくれ」

「今、ここでか」

「そうではない。ミヤコさまのために弾いてほしいのだ。唐土から持ってきた琵琶があるだろう？」

マキビは数種類の楽器を櫃《ひつ》に詰めて、唐土から持ち帰っています。

「大夫人の前でそれを弾けというのか？」

「祝いだ。それでミヤコさまの心はさらにほぐれよう。ウマカイへの報告はそれからだ」おまえと協力してミヤコさまを治療したのだと、大事な友のマキビに味わわせてやりたい気持ちが、わたしに芽生えていたのです。

「わかった。いつだ？」

「今宵《こよい》、夕暮れどきがいい」

「急だな。承知した」

マキビの琵琶は西域から唐に伝わった四弦で、長安で盛んに奏でられ、マキビは妓楼《ぎろう》や自室でよく弾いていたものです。マキビは仏教より楽器に興味を寄せています。

帰国の遣唐使船が激しい嵐に巻き込まれたときでも、琵琶を納めた櫃《ひつ》が海に沈められないように必死に守っていたあのときのマキビの姿が、ふと脳裡に浮かんできました。

その日は、朱、紫、黄色などの五色の雲が織り成す、見たことのない幻想的な空の景色が広がる夕暮れでした。ミヤコさまと楽しむ琵琶の宴《うたげ》を天が特別に設けてくれた瑞兆《ずいちょう》のように感じられ、わたしの感情は、いやが上にも高ぶっていきました。

いつもより一段と軽い足取りで渡殿《わたどの》を歩いていったわたしは、ミヤコさまの居室の入口で足を止め、控えている女官に「下がってよい」と声を掛けました。女官は一礼して、その場を辞しました。

すっかり支配者気取りだなと言いたいらしく、マキビがニヤリとしたので、

「おかしいか？」と言い返しました。わたしが支配者気分になれるのはミヤコさまつきの女官だけだな、と初めて気づかされました。

マキビはわたしより位は上ですが、今は立場をわきまえてくれています。整った顔立ちで

見栄えが良く、背丈もわたしより頭ひとつ高いマキビがわたしの数歩後ろを、幾らか頭を下げてついてくる姿は、それほど立派な男に見えません。なかなかの役者です。

ミヤコさまはマキビを覚えていないでしょうし、ウマカイの命令でマキビが動き、治療をわたしにさせた事実も、ミヤコさまに知られてはなりません。

今のマキビは官僚ではなく、ひとりの琵琶弾きにすぎません。マキビもそのことは心得ています。

ミヤコさまは髪を洗われたようで色艶が良く、櫛できれいに梳《す》いてあり、きちんと衣装を整えられて、お座りになっておられました。

「お加減はいかがでございますか」わたしとミヤコさまは治療師と患者を超えた男と女の関係になっていることなどマキビに感づかれてはまずいので、わたしはあくまでも大夫人の治療僧の立場で挨拶しました。

「良い気分です」ミヤコさまは少し堅い口調で答えました。マキビを気にしてのことでしょう。

「それは何よりです。今宵はミヤコさまに琵琶を楽しんでいただこうと存じます。わたしと同じ船で唐より帰国しましたキビノマキビと申します。信頼できるわたしの盟友で、琵琶はなかなかの腕です」

いかついわたしとは違い、いかにも穏やかな風貌のマキビに安心されたのか、ミヤコさまは警戒心を解かれているご様子です。

わたしはマキビに、弾いてくれと、目で合図しました。

この人が、食いものもままならぬ貧しい民の一生分くらいの歳月を病んでいた方なのだろうか？　狐に抓《つま》まれたように、マキビの目はミヤコさまに張りついて、口も利けないようでした。

「さあ、弾いてくれ」わたしはマキビの目を覚ますように、少しばかり強い声で促しました。マキビはようやく正気を取り戻したらしく、頷きました。

「ゲンボウ、ここへ」ミヤコさまが隣に座るように誘いましたので、わたしはマキビに軽く一礼して、ミヤコさまの側に寄り、胡座をかきました。

マキビは股の間に琵琶を挟み、撥《ばち》を持ち、少しの間弦の調律を行い、それから風が作る湖面のさざ波のような、繊細な音に合わせて歌い出しました。

屋根で啼《な》くのは春の鳩
村の外れに、杏《あんず》の花が咲いている
伸びた杉の小枝を斧で切り
鍬《くわ》を担いで、井戸水を探す
今年もやってきた燕《つばめ》は、巣を覚えている

年老いた男が暦《こよみ》を見ている
のどかな風景を眺めながら、杯《さかずき》を手にしているわたしはふと手を止めて
遠く旅した友を想い、もの思いに耽る

マキビの琵琶は巧みでした。声も立派なものでした。ミヤコさまはうっとり聴き入っていました。マキビがこれほどの弾き手だったとは……。政治家にしておくには惜しい。わたしは誇らしくなりました。

「あなたの詩ですか？」ミヤコさまは琵琶を十分楽しまれた明るい口調です。

「わたくしが唐土におりましたとき、盛んに活躍しておりました王維という詩人の作です」

マキビはかしこまって答えました。

「何と、王維だと！」小声で呟いたわたしの心は狼《あわ》て、驚いていました。

遣唐使船が嵐に遭《あ》い、命からがら長安に戻り、再び祖国の土を踏むことはないだろうとマキビが言っていたアベノナカマロと親交浅からぬ王維の詩を、なぜマキビはわざわざ選び、歌ったのか。

わたしはマキビの気持ちを探らないではいられませんでした。が、しかしミヤコさまに先駆けて、わたしが口を挟む場面ではありません。ミヤコさまが問われ、マキビが答える言の葉から、マキビの心境を推測するより、手がありません。

「どのような人ですか?」ミヤコさまが訊かれました。

「辺境の地に左遷され、官僚として不遇のときもありましたが、宮廷詩人としては優れた才能の持ち主です。殊に自然を詠わせたら第一人者と評価されております」そつのないマキビの説明です。

「王維の詩がお好きなのですね」

「実はこの詩に、わたくしはある想いを重ねました。唐より帰国するはずのアベノナカマロなる者の乗った船が激しい嵐に遭い、不本意ながら長安の都へ引き返したようです。そうとは知らず、ナカマロの盟友王維は、大事な友が海に沈んでしまったと悲嘆に暮れたと聞いております。しかし今ごろナカマロは王維と詩を詠み、親交を深めていることでしょう。遠い長安にひとり残った友を想い、ナカマロと親しい王維の詩を歌わせていただきました」友思いの心優しい男を、マキビは感情を込めて演じました。

遠く旅した友を想い、物思いに耽るのはこのわたし、マキビ……最後の一文で、マキビはそう歌ったのです。

有能なナカマロが祖国に帰れない不運を密かに喜んでいるのはマキビですが、役人の生臭い根性をミヤコさまに話す必要は、むろんありません。

ミヤコさまの前で敢えて王維の詩を歌い、王維に倣《なら》ってマキビは自分の声で、無念だ、友よと嘆き、マキビはナカマロを克服した……、心の奥にこびりついていた最後の澱《おど》みの一滴が、きれいに消えた……、そうわたしには感じられたのです。

十五

ミヤコさまの全快をウマカイが帝に報告しますと、帝は大いに喜ばれ、今にも飛んでいきそうであったらしいのですが、

「大夫人におかれましては、心のご準備がございましょうから」とウマカイが宥《なだ》め、お会いになられますのは明日にと、引き止めたのだそうです。

ぐずぐずできないウマカイはマキビに、

「明日、帝が大夫人にお会いになる。大夫人にそう伝えよ」と命じました。

「その伝言はゲンボウにさせましょう」昨日琵琶弾きだったおれが、今日はウマカイの使者、これはいかにもまずい、とマキビは思ったのだそうです。

「ゲンボウの仕事は終わった」

「ゲンボウへの信頼をまだ利用すべきかと」とマキビは言いきったそうです。

こういう言い方が、ずる賢く頭が働く官僚らしいところです。

「うむ、それもそうだな。ではゲンボウにさせよ」

ウマカイとのやりとりを、そんな風にわたしに語ったマキビが、さらに言ったのです。

「ウマカイはあっさりおれの考えを受け入れた。なぜかな?」

「気を回すな」

「そういうわけにはいかない。大夫人の恢復を手柄にして、ウマカイはさらに強い権力を握る腹づもりのはずだ」ウマカイへの用心を忘れないマキビが、強い口調で言います。

「ウマカイも同席するのだな?」

「当然だ。目の前の大魚をむざむざ逃す男ではない」

「おまえはウマカイに同行する。わしはミヤコさまのお供をする。そのようにウマカイに伝えてくれ」

「病み上がりの大夫人に急激な刺激は危険だ。おまえといっしょなら、大夫人は安心するだろうからな」

ウマカイと質《たち》は違うものの、マキビも抜け目のない官僚で、頭の回転が速く、気を許しすぎてはならないときがある反面、楽な場合があります。このときも、マキビの察しの良さでわたしの意図がスッと伝わり、話は滑らかに進みました。

その日の夕餉、わたしはミヤコさまに好麻を差し上げました。好麻の味にミヤコさまはすっかり馴染まれ、おいしそうに服まれました。

「明日、ミヤコさまはお子の帝ショウムさまにご対面の運びとなりました」わたしはおもむろにお伝えしました。

「わたしが産んだ子はオビトノミコです」

三十数年間も母子は引き離されていたのですから、ショウムの名を聞いても、それがわが子だと、すんなり認知できないのは無理からぬことですが、幾らなんでも、わが子が帝の地位にあることを、知らないはずはありません。

ミヤコさまは、地位や名誉に無関心、むしろ禍々《まがまが》しいものと、暗に言われたのかもしれませんが、それでもわたしは、

「オビトノミコさまが、帝になられたのです」と、しつこく念押ししたのです。

「わたしが覚えているのは六歳ころまでのオビトノミコです」ミヤコさまはポツリと言われました。わが子が帝に……。実感を伴わぬ空疎な現実に、喜びも新たな力も湧いてこないのでしょう。心躍る様子が微塵《みじん》もないのは、朝廷、貴族とは無関係のミヤコさまの出自に原因があるように思えてなりませんでした。

「明朝、お迎えが参ります」

「ゲンボウも来られますね？」

「はい」ウマカイの許しを待たずに、わたしは答えていました。わたしの役目は、帝とのご対面をお知らせすることで、ミヤコさまのお供は侍女たちですから、わたしが同行するなどウマカイの頭の片隅にもないはずですが、そこはマキビがきっとうまく取り計らってくれる

はずだと信じられたからです。

「明朝、好麻をお持ちします。お服みになってお出掛けください」

ミヤコさまは深く頷かれました。

その夜も、わたしとミヤコさまは、互いに体を求め合いました。ミヤコさまの身のこなしは若くて美しい女人そのものです。

「ゲンボウに抱かれていると、忌まわしい出来事が、汚れた血が流れるように出ていきます」と、うわ言のように言われました。

わたしの腕の中で娘のようになっていくミヤコさまがいとおしくて、いとおしくて、このまま連れ出して、都をあとにしたくなりました。

次の日の早朝、ミヤコさまは養父フジワラノフヒトが手にした広大な地に建つ邸内の一室から、御所の後ろにある皇后宮に遷《うつ》られました。

「大夫人が皇后宮にお入りになられました」とウマカイが帝に告げますと、帝は子どものような歓びようで、そわそわされたそうです。

皇后宮に向かわれる帝の全身からは歓びが溢れているようで、お供の最前列にウマカイの姿が、そのすぐ後ろをマキビが、足取り軽く歩いていたということです。

わたしは部屋の片隅に控えておりました。皇后宮に入られた帝は廊下を足早に歩かれ、部屋の奥に居住まいを正してお座りになられているミヤコさまの前まで歩行緩やかに進まれると、足を止めて、茫然自失の体《てい》で立ち竦《すく》まれました。きつく握られた拳が、小刻みに震えているのが見て取れました。

わたしとは反対側の、むろんわたしよりミヤコさまに近いところで、ミヤコさまの表情を逐一観察するような眼差しを向けているウマカイとマキビが、わたしの位置から良く見えました。

朝、好麻をお服みになられたミヤコさまのお顔の肌は、輝いています。

帝は、三十数年ぶりに対面する生母は皺《しわ》の寄った顔色の悪い老媼《ろうおう》を想像していたはずですが、目の前にいらっしゃるのは輝きを放つ女人なものですから、帝の拳が震えているのは、母に会えた歓喜だけではなかったようです。

帝は跪《ひざまず》き、母の手を取り、頬に当て、わたしの位置からではっきり見えませんが、涙を流されているようでした。

しかしミヤコさまは空いている片方の手を息子にあてがうわけでもなく、帝の肩のあたりに視線を落とされているだけです。

ミヤコさまに、わが子への愛情が湧いてこない——。わたしはミヤコさまの心に大きなうつほが出来ていると感じざるを得ませんでした。オビトノミコを出産されて間もなくご病気になられ、隔離生活をされていたばかりか、帝は乳母に育てられたのですから、こんな境遇にあれば、ミヤコさまでなくても、親子の絆など稀薄になるのは当たり前です。

が、しかし、帝は母に会えた感情を剝《む》き出しているのです。まるで母親に甘える子どものように。

「ゲンボウ」ミヤコさまがいきなりわたしを呼びました。

ウマカイが鋭い視線をわたしに向けてきました。わたしはウマカイには目もくれず、すかさず床板に両の手をつき、深く頭を下げました。

「ゲンボウとは、だれのことですか」帝が母の手を取ったまま訊かれます。

ウマカイはわたしの存在を帝に話していなかったのです。まさかミヤコさまが帝の前でわたしの名を口にされるなど、まったく頭になかったようです。ウマカイの目が吊り上がっています。

「わたしの病を治してくれた僧です」

「その者はどこに?」

「そこにおります」と言って、ミヤコさまは帝の視線をわたしに向けさせました。帝はミヤコさまの手をそっと外され、

「ゲンボウとやら、ここへ」と、わたしを招き寄せてくれました。わたしは体をふたつ折りにした姿勢のまま摺り足で進み、帝の斜め後ろ、ミヤコさまのお顔が見える位置に座し、床に額を擦るほどに深く頭を下げました。

「面《おもて》を上げよ」強く帝が言われます。

「はっ」わたしは腹から声を出し、ゆっくり顔を上げました。

「だれも治せなかった病を、どのように治したのか？」

ご尤《もっと》もな疑問です。一介の僧がどんな手を使って大夫人の恢復を図ったのか、医官、薬師たちの間でもさまざまな憶測が流れ始めているのですから。

マキビには、祆教を信ずる胡人の薬を使い、それに食事を合わせたと伝えるに留めてありますが、その説明に嘘はないものの、ミヤコさまと情を交わしていることにマキビが気づいているかどうかまでは、わかりません。

「唐で学んだ医学と本草学を駆使いたしました」

「そうであったか」

優しい響きを持った言葉です。わたしは初めてまじまじと帝を見詰めることができました。その顔は蒼白く、細い体は、胡人の医学に従えば陰にして虚《きよ》、この体質は主として胃腸に難があるのです。手の指は少年のように細く白く、逞《たくま》しい男の匂いが感じられませんでした。先帝の体質を受け継がれたな。即座にそう判断できました。

それからわたしはそっとウマカイに目を向けました。

大夫人の治療を僧ゲンボウに任せたのはこのわたし、ウマカイでございますくらいは、帝に自慢しておきたかっただろうが、思いも寄らずミヤコさまに先手を打たれ、言いそびれたのですから、心の臓が凍りついているのではないかと推測できたからです。

果たしてウマカイは、ねっとりした視線をわたしに向け、奥歯を噛み締めているらしく、頬に虫が棲みついているかのように、肉がピクピク動いています。わたしのことなど、いつでも、どうとでもなると高を括《くく》っていたらしいウマカイの目論見は、あろうことか、ミヤコさまが発したひと言で吹き飛んだのです。澄まし顔で座っているマキビとは対照的に、ウマカイの口元が歪んでいます。

「后宮《きさきのみや》はどなたですか?」いきなりミヤコさまが問われました。帝はミヤコさまのほうに向き直り、

「光明子《こうみようし》です。亡きフジワラノフヒトの女《むすめ》アスカベヒメ、大夫人さまの妹です」と乾いた口調でお答えになられました。

ミヤコさまの顔が、どんより曇りました。帝がミヤコさまの妹と結婚し、皇后光明子となられたからではなく、光明子がフヒトの女と知ったからのようでした。

ミヤコさまと光明子に血の繋がりはないのですが、ミヤコさまがわたしの胸に頬をつけて、かそけき声で出自を話されたあの夜のことを、わたしは思い出してしまったのです。

南紀の海に潜り、海の幸を暮らしの糧《かて》にして、おおらかな日々を送っていたミヤコさまはある日、紀伊国に行幸されたカルノミコに見初められた。フヒトにとっては、千載一遇《せんざいいちぐう》の好機、ミヤコさまを養女にし、フジワラ家からモンムに嫁がせたのです。身に合った海女の暮らしを剝ぎ取られ、朝廷と繫がる道具にされたミヤコさまは、この世で一番聞きたくない名

を耳にされたのです。それでミヤコさまのお顔に濃い翳《かげ》が射したのでしょう。

「光明子にお会いくださいい」帝はわだかまりなく言われましたが、ミヤコさまの口からは、色良い反応がありません。

「帝は一度もわたしに会いにこられませんでしたね」

わたしの心の臓がドクッと音を立てました。

ミヤコさまの腹が、今据《す》わった。

そうでなければ、そんな責め言葉は、するりと出るものではありません。

「全快される日まで決してお会いにならぬようにと、僧侶や祈禱師《きとうし》にきつく言われ、それを守りました」帝が詫びるような声で答えられました。神仏を尊ばれる帝らしい言い方ですが、三十数年間も僧侶や祈禱師の言を守り、貫けるものだろうか。不審に思うわたしは、帝の胸を捌《さば》いて、中身を抉《えぐ》り出し、それは本心か？　とミヤコさまに見せてあげたい気持ちでした。

帝の后宮がフヒトの女となれば、ミヤコさまが死んでも、フジワラの権力は揺るがない、とわたしはこのとき確信したのです。

「ゲンボウがわたしを看病してくれました。わたしの快癒は僧ゲンボウの力です」ミヤコさまが迷いのない口調で言われました。すると帝はわたしと対峙《たいじ》し、

「まこととゲンボウは卓越した霊力の持ち主である。僧正《そうじょう》の位を与える。その旨、追って宣旨《せんじ》する」と声高に言われました。微かにですが、ミヤコさまの顔が緩まれたのを、わたしは見

逃しませんでした。

このわたしが僧正——わたしは平伏し、これで帝が祆教に傾倒してくれれば、フジワラはこのわたしに手は出せまい。

新たな意欲が激しく湧き上がってくるのを、わたしは抑えられませんでした。


噂はときとしてありがたいもので、ミヤコさまの病を治せる者はゲンボウただひとり、と強く押したのはキビノマキビであった。そういう噂が帝の耳に入り、マキビは従五位上《じゅごいのじょう》に昇格したのです。貴族の仲間入りです。

ミヤコさまご快癒の功労者として、ウマカイの名が人の口に上ることは、その後もありませんでした。

マキビは、ウマカイらフヒトの息子四人が並ぶ公卿《くぎょう》（太政大臣、左大臣、右大臣、大納言らから成る議政官）に一歩近づきました。

マキビが貴族になったのですから、ウマカイの本心は面白かろうはずがありません。

一方、マキビはわたしとおおっぴらに手が組めると、晴ればれした表情を見せています。

わたしは足繁くミヤコさまのお住まいに通いました。そんなある日のことです。

「則天武后の話をしてください。まだ話してないことがおありでしょう?」ミヤコさまが童女のようにねだられます。

武后とミヤコさまは似ても似つかぬ正反対の女人なのに、ふたりは見えない因縁の糸で繋がっているような奇妙な思いにわたしは駆り立てられていて、ためらいもなく武后の傍若無人の振舞いを話す自分が、また不思議でなりませんでした。

「そうですね、ではこんな話はいかがでしょう」口を開けたらするりと言葉がこぼれ、手が、いとも自然に、ミヤコさまの手を握っていました。

——長安の遥か東方に都、洛陽《らくよう》がございます。洛陽を流れる伊水《いすい》の西岸、龍門《りゅうもん》というところに、巨大な石灰岩の山の連なりがあります。赤みがかった堅いその岩壁に高さおよそ六丈（約十八メートル）、耳の長さおよそ半丈（約一・五メートル）もの摩崖仏《まがいぶつ》があります。奉先寺《ほうせんじ》大仏と呼ばれる巨大な盧舎那仏《るしゃなぶつ》です。見上げなければご尊顔を拝せない、恐ろしく巨大な仏です。則天武后が造らせたのだそうですが、完成までに二十年かかったようです。

武后は唐王朝内に周という国家を建設し、洛陽を都にしてしまったのですから、大した女人です。さらに「長安の花」と言われる牡丹《ぼたん》を一本残らず長安から洛陽に移してしまったと聞いています。武后は総ての権力を自らに集中させるためにはどんなことでも実行した、世に稀《まれ》な女人でした——。

「ゲンボウはその仏を見たのですか？」

「はい。大きすぎるということだけで、別次元の存在のように見えたものです」

「どういうことですか？」

「あれは仏像ではなく権力そのもの、しかし見詰めていますと、権力をも超えたものに思えてくる、そう言えば、おわかりいただけますか?」

「武后は仏教徒ではなかったはずですね」

以前わたしがした話を、ミヤコさまは覚えておられたのです。

「摩尼教《まにきよう》信者でしたが、盧舎那仏を造立したのですから、だれもが仏教徒だと疑わなかったようです」

ミヤコさまが興味をじわじわ募らせているようでした。わたしは胡人に聞いた話をしてみました。

「あの仏の顔は武后の顔だ。あの仏の中には毒婦が棲んでいる。だが不思議なものだ。伏し目に微笑を浮かべた口、長い耳の顔、これは、どう見ても仏だ。己を盧舎那仏にするとは、武后にしかできぬ。そのように言った胡人の言葉が、わたしの耳に残っております」

わたしにもうひとつ、降って湧いたような幸運が飛び込んできたのは、それからしばらくしてからのことでした。

内道場が完成したのです。内道場とは、宮廷の寺のことです。

宮廷人が名僧の講義を聞く内道場は、唐王朝に倣って建立したようで、講師《こうじ》にわたしが任命されたのです。

日を浴びれば、さまざまな色が輝きを増す野の花々、濃い緑から薄い緑に至る木々の葉群れ、四季折々の鳥がさえずる林に囲まれた気持ちの良い内道場は、薬師寺や興福寺の規模には到底及びませんが、朝廷の私寺らしく、諸仏を安置した礼拝室内部の装飾は見事なものでした。しかし公卿や貴族たちを驚かしたのは、礼拝室の装飾ではなく、ミヤコさま専用の居室が設備されてあったことです。

ミヤコさまのお住まいである皇后宮と内道場は、歩いても大した道のりではありません。なのに、なぜわざわざミヤコさまの居室をこしらえたのか。公卿や貴族たちは、病後のミヤコさまのお世話役に、内道場に自由に出入りできる講師となったゲンボウを当て、どこででも治療できるように帝が配慮したのだ、というつまらない想像を巡らせています。

ゲンボウに気を遣ってのことだ、と言いたげな知恵のない政治家たちの推測ですが、わたしの見方は違います。

ミヤコさま専用の部屋をこしらえたのは、他でもない帝の孝行心と国を改革する姿勢である、と民にそのような話が伝われば、民は帝を敬い、信頼を寄せる。そういうときの政《まつりごと》はうまく運ぶと考えてのことで、奏上したのはマキビだろうと思ったのです。

そもそも仏教の根本は総て平等にあるのですが、現実は、女人は業深く穢《けが》れたものとされ、宮中の女人は男と隔てられ、説経は比丘尼《びくに》から聞くという規則に縛られているのです。その規則を、帝自らが壊した。帝の心は広くて、柔らかい。そう民に思わせたかったのです。帝を動かしたのはマキビに違いありません。

ミヤコさまが快癒されてからのマキビの実権は、ときとしてフジワラ四兄弟を超えるものがあり、わたしにとってはますます好都合でした。

いよいよ祆教を広めるときがきた。

わたしは胸躍らせました。そんなとき、

「帝は平城京を捨てるらしい。遷都だ。新都はどこだ?」という噂が飛び交い、都がざわつき出したのです。

十六

ミヤコさまのご恢復は、清浄なる火の神の力の賜《たまもの》です。なのに帝は豪華な仏教寺院の建立や仏像の造立をやめません。それればかりでなく、平城京を捨てて、遷都の計画さえ立てているという噂が飛び交うありさまです。

朝廷は浪費に夢中になっている。一体何を考えているのだ。何を血迷っているのだ。帝の迷いは、不吉の前触れではないのか。

そんなことがわたしの頭の中をせわしく行ったり来たりして、胸の騒ぎが収まりません。

わたしはマキビに、朝廷や政治家が何を考え、どう動こうとしているのかを聞いておこうと思いました。とりわけ、油断も隙《すき》もない政治家は周辺に耳をそばだて目配りしていますので、政治の動向はマキビに聞く。それがわたしとマキビの約束事だからです。

密談の場は、わたしの僧房です。

日が落ち、人気のない都路に、青黒い影を落として小走りに近づいてくるマキビが怪しい者に追尾《ついび》されてないか、わたしは格子の隙間から見張っていました。

マキビが僧房の角を無事に曲がったのを見届けて、わたしは格子から離れ、部屋の出入口に立ったままマキビを待ちました。

現れたマキビの目が血走っています。血の色に染まったマキビの目が、わたしの気を引き締めました。無言のまま部屋の隅にドカッと音を立てて腰を下ろしたマキビと対峙《たいじ》して、わたしも腰を下ろしました。

一条の青白い月明かりが、わたしとマキビに突き刺さるように射し込んでいます。

「いやな空気が漂っているな」わたしは感じていることをそのまま口にしました。

「何か耳にしているのか?」マキビは慎重です。が、はぐらかす口振りではありません。

「遷都の話が耳に入ってくる」いろいろな噂がわたしの耳に入っていますが、噂は噂、マキビの言葉がわたしには現実です。

「平城京はいい都だ。なのに帝は遷都を企てている」マキビが唸《うな》るような声で言います。

「どこへ遷すというのだ?」

「山背《やましろ》の恭仁《くに》だ」

「北か。帝ご自身のお考えか?」恭仁という思いも寄らなかった地名に、わたしは意表を突かれました。

マキビの黒い目が、うろたえているように見えます。

「恭仁を薦めたのはだれだ?」訊かざるを得ませんでした。

「それが、タチバナノモロエさまなのだ」マキビが声を落としました。気持ちが複雑なようです。

タチバナノモロエは律令体制(官僚政治)の頂点にいる政治家です。

畿内の一国である山背国は、モロエの勢力が行き届いている地なのです。

「平城京を造ったのはフジワラだ。モロエは自分の勢力圏の恭仁に都を造り、帝を住まわせ、フジワラを追い落とす。そういう計画なのか?」わたしはマキビの冴えない顔色を窺いながら訊きました。

近ごろモロエはマキビを高く買っているようです。が、ミヤコさま病気恢復の一件で、フジワラとの関係も下手に断ち切れないマキビは板挟み状態にあるようで、さっきマキビが、落ち着かない目をして声を落としたのも、そのことと関係があったのでしょう。

一方フジワラは、唐土の知識をふんだんに持っているマキビを、使えるだけ使いたいのです。

頭脳明晰《めいせき》なマキビのことですから、そのあたりの駆け引きは心得ているでしょうが、マキビの欠点は決断が遅いことで、モロエとフジワラの両方から利用されそうで、そこが気掛りです。

「フジワラもモロエもおまえを必要としている。おまえは今強い立場にいる。だがな、そういうときこそ気をつけろ。モロエの傘下に入りすぎると、フジワラは何をしてくるかわからん」

「心配するな」マキビはわたしの懸念を蹴飛ばし、強がりました。

「おまえは恭仁への遷都をどう思う？」わたしは、気軽に応じられないという気持ちです。

「おれが反対しても、どうにもならん。最高権力者が恭仁へ遷すと決めれば、恭仁京が出来てしまう。帝には逆らえない」帝は絶対の存在なのだと、マキビは言います。

「民には迷惑な話だ。恭仁京は何を範に造るのだ？　聞いているか？」

「則天武后が建てた周の都を真似ようとしているのかもしれない」と言い、マキビの眉間《みけん》が微かに曇り、首を捻《ひね》っています。

則天武后は唐王朝の中に自らの国家・周を建設し、その都の形は、孔子が理想的な政治家と崇めた周公旦《しゅうこうたん》の『周礼《しゅらい》』に随《したが》ったと言われます。

「おまえ、何か言ったのか？」わたしは、敢えて訊いてみました。

「実はな、唐には西に長安、東に洛陽というふたつの都があります、洛陽は則天武后が造った都ですと、モロエさまに同行して帝に謁見《えっけん》したとき、話したことがある」

「唐には都がふたつあるという話が、帝の心を揺さぶったのか？」

「おれは、そう感じ取っている……」ボソリと言ったので、マキビの眉《まゆ》の間が微かに曇ったのは、自分の発言は軽率だったのではないかといった気まずさの表れだったのかもしれません。

「帝はそのように周囲に見せつけているだけかもしれん。おまえが気に病むことではない。帝の本心を、帝より外に知る者はいない。そのうち、都は三つ造る、そんなことも言い出しかねないぞ」わたしは真顔で言ってのけました。

「ゲンボウ、おまえは突飛なことを言うのが好きだな。しかし政治家はおまえと違い、現実的なのだ」マキビは苦笑いしました。

「わしが言ったのは帝のことだ。帝よりほかに、帝を知る者はない。政治家が考えもしない構想が、帝の頭にはあるのかもしれん」

「どういうことだ？」

「それは、わしにもわからん」

わたしはマキビの疑問や反論にほとんど関心がありませんでしたが、いきなり則天武后の名がマキビの口から飛び出したときには、背中を冷や汗が流れました。

平城京だろうと恭仁京だろうと、わたしはどちらでも良いのです。

わたしが驚き、冷や汗が流れたのは、三十数年間口を閉ざしていたミヤコさまが糸のような細い声で、突然「唐土の話が聞きたくなりました」と言われたとき、咄嗟《とっさ》に、則天武后という世にも稀《まれ》な猛女の話をしてしまったあの日のミヤコさまとのひとときが、思い出されたからでした。

マキビは唐土滞在中さんざん聞かされ、耳にこびりついている武后の力を帝に話しただけかもしれませんが、母と子が共にひとりの女帝に刺激されたらしく、何か閃《ひらめ》くものがあったらしいその偶然を、わたしは見過ごせなかったのです。

女帝の何が母と子の心を揺さぶったのか、それはわかりません。いわんやそれが類似したものかどうかもわかりません。が、とにかくわたしはヒヤリとしてしまったのです。

藤原京は『周礼』を参考に建設した都でしたが、土地の起伏と建物の配置に決定的な欠陥があったという理由で、新たに平城京が造営されました。

決定的な欠陥とは、畝傍《うねび》山、耳成《みみなし》山、香具《かぐ》山の景色を配する藤原京は、帝の住まいである内裏《だいり》を低地に配置し、造ってしまったことでした。

これは、いかにもまずい。内裏は丘陵の頂きになければならない。高い丘から下を見下ろせば、広々した下界を一望できる。そういう形の都を新たに造る。それで平城京が建設されたのです。

これは、天子を、天空の中心である北極星に見立てた思想です。

大唐帝国の都はそのように造られているのですから、藤原京を捨て、平城京に引っ越したのも、北極星を権威の象徴に見立ててのことだったのです。

〝見立て〟は、唐土の権力者がよく使う手で、平城京の権力者も、それに倣《なら》ったようでした。

その都を捨てて、今度は恭仁へ……。何が目的で、都を遷すのでしょうか？

平城京に致命的な欠陥でもあるのでしょうか？

モロエが薦めたくらいで、帝は恭仁京遷都を実行するでしょうか。

確かなことは何ひとつ、マキビはわからないようでした。

漂う不可解な空気は、帝自身が発している……。帝は病んでいる……。

そうであるのかもしれないし、そうでないのかもしれないが、じわじわ押し寄せている重苦しい空気を、わたしの肌は確かに感じていたのです。

十七

ミヤコさまは皇后宮でお過ごしになる時間より、内道場のミヤコさま専用の御休み処で寛《くつろ》がれる時間のほうを多くされておりますので、わたしも大安寺より、ミヤコさまのお側でひとときを過ごす日々が増えました。

わたしが内道場に出向きますと、いつもミヤコさまの居室の前に控えている目鼻立ちの整った侍女は、すっと姿を消してしまいます。願ってもない侍女の気の利かせ方ですが、愚問を承知の上で、あるときわたしは侍女に、

「何ゆえ、早々に下がるのか？」と訊いたのです。

人の口に戸は閉《た》てられません。治療僧として、わたしはミヤコさまにまみえているわけですが、もうひとりのわたしの勇む行為が取り沙汰されて、思わしくない告げ口が広がりますと、フジワラ兄弟の攻撃材料になりかねません。用心で、聞いておきたくなったのです。

「僧正《そうじょう》の法話は大夫人さまだけのものでございます。ほかの者がおりましては、あらたかな霊験《れいけん》を弱めてしまう恐れがございます」

「わたしの力も大したことはないな」ミヤコさま専用の部屋では講師《こうじ》を勤めないくらいわきまえているはずの侍女の返答に、ほっとした気持ちになれず、わたしはぎこちなく笑ってしまいました。

朝廷の私寺である聖堂での僧正の法話など、外に漏れても、女人の拝聴できるものではございませんと、すんなり言わなかったこの侍女は、決め事に忠実なのか、賢くしたたかなのか、ひょっとしたらフジワラの回し者ではないか、などと疑っている自分の神経の乱れに、われながら嫌気が差していました。

唐三彩の三足盤に乳木《ちぎ》を組み、護摩《ごま》を焚《た》き、かぐわしい香りに包まれて、刻《とき》を忘れて過ご

すミヤコさまは、昼も夜も幸せそうでした。

ミヤコさまのお顔が柔らかく、たおやかに変わるごとに、わたしの体は旺盛になってゆき、わたしはミヤコさまを至福の中に閉じ込めて、容赦なく移りゆく刻を止めてしまいたい思いばかりが募っていくのでした。

この夜、いつもと違い、息の乱れが治まるのを待ちきれないように、ミヤコさまがわたしの名を呼びました。真夜中、丑《うし》の刻《こく》ころでしょうか。

「どうしました?」わたしは寝惚《ねぼ》け声です。

「則天武后の大仏より大きな、麗しい盧舎那仏を造ってください」ミヤコさまが突如言われたのです。陶酔から醒めやらぬ、泡のような口調でしたが、ただただ驚いたわたしは、半身を起こして、ミヤコさまのお顔を真上から見詰めるばかりでした。

「盧舎那仏を造立して」今度はミヤコさまは、はっきり言われました。

初めて帝にお会いしてからのある日、ミヤコさまが夢物語をせがむ童女のように、武后の話を求められたことを思い出しました。

あのときミヤコさまの中で、何が蠢《うごめ》いたのでしょうか。

治療僧としてそこを見逃してしまったようで、わたしは密かに悔やみました。

祆教は寺院も仏像も必要としません。形あるものは、いつか消える。人も建造物も火が食い、無にする。

なのにわたしは、祆教の究極の教えに反するミヤコさまの思いを、形にして差し上げたくなったのです。

わたしは、「どこに、ですか?」と、ミヤコさまの言葉に引っ張られ、訊きました。

「ここ平城京に」

「何と！　……大事業です」

帝はもしかしたら平城京を捨て、恭仁へ遷都するかもしれないというとき、都は平城京ただひとつと、釘を差しているような迷いのないミヤコさまの口調に、わたしはゴクッと生唾《なまつば》を飲んでしまいました。

「帝は仏教を深く信じています。反対はなさらないでしょう」きっぱりとしたミヤコさまの口調です。

「ここには巨大な石仏を彫れる岩はありません」

「摩崖仏は龍門にある武后のものだけで十分です。造るのは金銅の仏像です」

「本気なのですね」

「ゲンボウにいい加減なことは言いません」

わたしは起き上がりました。仏像、仏殿は不要、ただ燃え上がる火を信じる。それがわたしの信じる宗教なのに、わたしはミヤコさまの大それた願望に衝《つ》き動かされていました。

わたしの心の臓に、火が点《つ》きました。心の臓が溶けそうに燃えています。

「なぜ盧舎那仏なのですか?」病気恢復をされたミヤコさまには、薬師如来のほうがお似合いでしょう、と言いたいところでしたが、わたしの考えより、今は何よりもミヤコさまの熱い思いを知る必要がありました。

「帝が信仰する華厳《けごん》宗のご本尊だからです」ミヤコさまがさらりと言われました。

「さようでございますか……」言葉が続きません。

ミヤコさまが華厳宗を信仰しているとは思えません。ひょっとしてミヤコさまは平城京に盧舎那仏を安置し、帝を平城京に留め置こうとしているのかもしれない……。ふわりと、そんな思いが湧きました。

「帝は山背の恭仁に都を遷そうとしているようです。そのようなとき、平城京に盧舎那仏を造立されたいと……」

「帝は帝、わたしはわたしです」

帝を平城京に留まらせる力など自分にはない、とミヤコさまは言われているようでした。

「ミヤコさま、金銅の大仏を造立しましょう。噴き上がる火炎の光背《こうはい》で、見る者の目も眩《くら》む大仏を造りましょう」わたしは呪文を唱えるような口調で、ミヤコさまに囁《ささや》きました。

国家鎮護のためとはいえ、帝は仏教に取り憑《つ》かれています。とりわけ母の難病を治したのは僧ゲンボウの呪力であると、帝は信じて疑いません。しかしミヤコさまの体を潤う女に戻したのは、祆教が大切にする医術と薬の力と食事です。釈迦でさえ、口をきれいにしなさい、歯を磨けば体は丈夫になる、健やかな体で生きよ、と説いています。なのにこの国の僧侶たちは、その意味の深さに気づいていないのです。

釈迦の教えは、生きるための教え。生きている時間が、尊い花なのです。仏教は、生者の宗教です。祆教と仏教はこの一点で繋がっている、そうわたしには思えるのです。

命をつくり、命を守るは料理。料理は火の力である。

そして火は、あらゆる物質を灰にする。灰は土に交ざり、水に交ざり、養分となって植物を育《はぐく》む。その植物がわれらの命をつくる。存在物の循環……、その源は、火の霊力。

わたしが造らなければならないのは、火炎を噴き上げる大仏。

帝の信を得たわたしの運の強さが躍り出る、そのときがきたのだ。

「帝を説得できますか？」

わたしは深く息を吸い、ゆっくり吐き出して、そしてひと呼吸おいて、

「帝が信じる華厳経は円経《えんぎょう》（完全な教え）、その完全な教えの世界を主宰するのが盧舎那仏です。盧舎那仏は華厳経にふさわしい炎のような光に満ちた仏です。帝は必ずや、感銘を受けるでしょう」

ミヤコさまが遠くの一点を見詰めています。治療中のミヤコさまの瞳はしばしば宙を泳いでおりましたが、その目と、最早明らかに違います。

「先帝は病弱でした。命が消えないように、僧たちは『大般若経』の写経をしました。でも、

僅《わず》か二十五年の命でした」

いくらも共に暮らせなかった夫への想いでそのように言われたのか、ミヤコさまの真意がわからないまま、わたしはミヤコさまの懐古の情を刺激する言葉は避けました。

「写経は、この国にとって重要な経巻を未来に残すために個人でもできることで、心の調和や統一のために行うものです。しかし大仏造立は、大勢の人間が関わらなければならず、長い年月を必要とする国家事業です」

「承知しております。だれが帝に奏上しますか？」失敗は許されません、と強い意志を込めたミヤコさまの言い方です。わたしはすかさず、

「マキビが良いでしょう」と答えました。

「あの琵琶弾き、ですか？」ミヤコさまがぽかんとした、珍しい表情を見せました。

「はい。ミヤコさまが恢復されたお蔭で、今は貴族の位を戴く高級官僚です」わたしは笑いをこぼしながら、マキビの正体を明かしました。

「まあ、黙っていたのですね。あの琵琶はとても良かったわ。ゲンボウが信頼している人ならば、帝も心を開いて聞かれるでしょう」ミヤコさまもにっこりされましたが、先ほどまではなかった不安の翳《かげ》が薄く、目元に刻まれているのです。

ミヤコさまの不安の正体を摑《つか》んでおかなければ、と思ったわたしは勘を働かせて、

「フジワラ兄弟が気になりますか？　それならご心配には及びません」と、強い目を向けて、

ミヤコさまを安心させるように言ってみますと、ミヤコさまの両肩がスッと下りたように見えました。

帝に奏上される案件は、ムチマロ、フササキ、ウマカイ、マロというフジワラノフヒトの四人の息子がずらりと並ぶ公卿《くぎょう》の事前審査を受けなければなりません。

ミヤコさまはフジワラ兄弟に、心を開いていなかったのです。

また、マキビを通さず、わたしが大仏造立を直《じか》に帝に奏上すれば、大夫人の病気を治しただけの坊主が、国家事業などと大それた口を叩くなと、フジワラに謗《そし》られるばかりか、帝の信も失ってしまうかもしれません。マキビが適任です。

十八

このときわたしは、ある僧侶の存在が、フジワラ兄弟よりもっと気になっていました。近ごろ耳に入ってくる僧ギョウキです。

河内《かわち》に生まれたギョウキは、思うに、わたしより二回りは年上の、いわば兄貴分です。薬師寺にいたはずですが、寺で経を上げていられるような性格でないギョウキは寺を飛び出し、諸国を行脚《あんぎゃ》し、灌漑《かんがい》用の池を造ったり、橋を架けたり、道普請《みちぶしん》をしたり、民、百姓と力を合わせ、土木工事に精を出している変わり種《だね》です。

働く僧の行動に心を寄せ、ギョウキを支持する民衆の数はどんどん増え、ギョウキ集団は膨れ上がっているようでした。

灌漑用水の設備や架橋、新田の開発に駆り出される労働者はただ働きではなく、豪農から報酬が出ているというのですから、民衆の心を摑む理由も頷《うなず》けます。

農地の整備や開発は、結局は豪農の利益になるわけですから、うまいやり方です。

豪農が旗を振り、音頭を取るより、僧ギョウキが旗を振れば、民、百姓はありがたい、ありがたいと拝みながら働くはずですし、賃金まで貰えるのですから、民、百姓はギョウキ菩薩と呼び、敬うのは道理です。

ギョウキの行動が気になります。

この国には、学問僧もいれば、労働僧もいます。

唐土に行かず、民衆を味方にして活躍するギョウキの大集団を、フジワラ一族が知らないはずがありません。

僧の勢力を配下に置き、政治を操りたいのがフジワラ兄弟の本心でしょうから、ギョウキに集まる民衆の動きを軽んじているとは考えにくいのです。

ここのところマキビの存在感が増しているとはいえ、今に至るまで、マキビやフジワラ兄弟がギョウキを話題にしないのも、わたしを落ち着かなくしていたもうひとつの理由でした。

夢見る乙女のように、盧舎那仏造立を欲しているミヤコさまに、フジワラの横槍が入らないうちに、帝への奏上をマキビに急がせよう。ミヤコさま恢復の陰の立役者となったマキビを、帝が十分に信頼している今のうちに。

わたしはさっそく大仏造立事業をマキビに話しました。

「とんでもないことを考えたな。しかし、実に愉快だ」マキビは小膝を叩きました。

「マキビは賛同すると思ったからな」

「おれの腹など、お見通しってことか」満更《まんざら》悪い気分でもなさそうなマキビの口振りです。

「黄金の炎に輝く六丈の金銅仏だ。国を上げての大事業だ」

「失敗すれば、人心は朝廷を離れる。神仏は帝を見放したと、民は言うだろう。朝廷は弱体化し、国は乱れるぞ。おれとおまえの運が尽きる程度では済まん。さらなる財政難に陥って、国が傾くかもしれん」さっきは愉快だと小膝を叩いたのに、舌の根が乾かぬうちに、マキビは先先の不安で勝手に緊張しています。

「わかっている。許可が下りたら、おれが全責任者になる。そうフジワラを説得してくれ」

マキビの不安を共有するつもりのないわたしは、当てもない豪語を口にしたのです。

「唐の巨大な仏像を実見しているのは、おまえしかいない。しかし、あっちは石で、こっちは金銅だ。唐を抜くな。これは凄いことだ。鋳型《いがた》を造る塑像《そぞう》はどうするのだ？　どこで造るのだ？」

「良質の粘土は紫香楽《しがらき》にある。伊賀にもある。塑像は紫香楽で造るのがいいだろう」わたしは躊躇《ためら》わず言いました。

「紫香楽の土か。良いところに目をつけたな。あそこの土はうってつけだ。仕事場も建設しなければならんな。帝も行幸されるだろうから、宮居も建設する。小さな都を造ることになるな。鋳物師《いもの》、彫刻師、土木技師など、腕の良い技能者が大勢必要になる。それはどうする？」徐々にマキビは興奮しながらも、官僚の本分を忘れてはいません。現実的な問題や心配をちらつかせながら、矢継ぎ早に口にしました。

「おまえ、もう忘れてしまったのか？　わしたちといっしょに、いろんな職能人が唐から帰ってきたではないか。新羅《しらぎ》からの腕の良い技能者もいる。人材はある」

「おお、そうだった」おれとしたことが、という風に、マキビは自分のうなじを手で大袈裟に撫でました。

「帝は恭仁京遷都を望んでいる。紫香楽は恭仁の北東に位置するが、さほど離れてはいない。そこでも大きな工事が始まるとなると、民には工事の違いなど問題外で、帝は一体何を考えているのだ、おれたち百姓は食うや食わずの毎日なのに、都を幾つも造るだけでは満足しないばかりか、目も眩む巨大な仏像を造るとは、どういうつもりだと、そういう疑心を抱くだろう。物言えぬ民だからこそ、騒ぐと厄介だな」官僚の小心が、再びマキビの脳裡を過《よぎ》ったようです。

「恭仁は帝の気まぐれだ。大仏造立は国家鎮護と人民の平安が目的だ」わたしはきっぱり言いきり、ひと息ついてから、

「わしには別に気になることがある」おまえの心配事は杞憂《きゆう》だと払い除《の》けてやりながら、マキビの耳に入れておかなければならない切実な話を切り出しました。

「なんだ?」

「ギョウキの動きだ」

「土木事業に精を出している僧のことか?」

「そうだ。民、百姓がギョウキを慕い、大集団を形成しているようだ。知っているか?」

「知っている。おまえ、ギョウキが恐ろしいのか?」マキビは笑いを堪《こら》えている言い方です。

「気になってな」わたしは真顔で答えました。

「何が気になるのだ?」

「その辺の坊主とは器が違うぞ」

「おまえらしくないな」

「民がギョウキに集まっている事態をフジワラが黙って見ているとしたら、ギョウキなど大した人物ではないと思っているのかもしれない。しかしな、ひょっとしたらフジワラは既にギョウキと通じているのかもしれん。そうだとしたら、盧舎那仏造立に支障が出る。そう考えるとな……」

「ゲンボウの行く手をギョウキが阻む、ということか？　穿《うが》ちすぎだ。しかしわかった、調べる」マキビの目がギラリと光りました。

わたしが挫折しますと、少なからずの影響がマキビにも及びます。貴族の位を得た高級官僚のマキビのことです。自己防衛の敏感さには長《た》けています。わたしはマキビの調査に頼り、任せるしかありません。

十九

ゆらゆらと柔らかな光が、果てもなく広がる平地を黄色に染めています。

平地を切るように、低い丘陵が穏やかに伸びています。

丘陵は檜《ひのき》の林と緑滴《したた》る灌木《かんぼく》に包まれ、音は風だけです。

その音は、丘陵に潜む精霊の声のようにも聞こえ、檜の波動のようにも感じられます。

「紫香楽は良いところだ」

風に吹かれる足元の灌木の葉のそよぎが平城京の喧噪を忘れさせ、わたしはしばらくの間、丘陵から眼下に広がる平地を眺めていました。

花《さくら》が咲くとき種を蒔《ま》き、秋になれば稲穂の波打つ光景が、この平地の彼方まで広がることだろう。

造仏に携わる者が寝起きする館や作業所、帝や公卿の住まい、下級役人や警備兵の住居などは、有り余るこの平地のどこにでも造ることができそうです。が、重要な建物は作業所のほうで、帝のお住まいとは比較にならない、大規模な建物になるはずです。

しかし、わたしを悩ましていたものは、帝の住まいや作業所ではなく、金銅仏のお顔です。どのような表情にするか、かさかさと、落ち葉の下で蠢《うごめ》く生きものの音を聞きながら、木々の葉に反射する優しい光を浴びながら、考えを巡らせていました。

大仏のお姿が見えてこなければ、仏師に絵を描かせられません。絵が完成しなければ、マキビは帝に奏上できません。

目の形、口の形、手の大きさ、手の位置、印の結びが重要であるのはわかっているのですが、人々を吸い込むような魅力に満ち溢れたお顔が見えてこないのです。

紫香楽の空気に触れれば、何かが掴めるだろう。そう思ってここにきたのですが、精霊の声か檜の波動か、正体のわからぬものに思考が吸い取られ、風に嬲《なぶ》られ、足元で小さな生きものが奏でる快い音に陶然とするばかりで、大仏のお顔が現れてくれません。

紫香楽の原野に点在する紅葉や、田畑の黄檗《きはだ》色の波に取り憑かれ、わたしは刻《とき》を忘れ、うっとりと、いつまでも立ち竦んでいるばかりでした。

虫が一匹、勢いよく、わたしの首にぶつかり、われに帰りました。

都に戻らなければ……。虫が気づかせてくれました。

乾ききった落ち葉を踏む度に、軽やかな音が地に流れ、軽快なその音がミヤコさまの呼び声に重なり、わたしの足は疲れる隙《ひま》はありませんでした。

都に到着した日は、いちめん満月の白い光に照らされた、明るい夜でした。

わたしはひとまず僧房に立ち寄り、慌ただしく必需品を揃え、ミヤコさまが待つ内道場に向かいました。

「どこに行っていたのですか？」ミヤコさまがにこやかな表情で問われます。

「紫香楽へ。どのような地か、この目で見ておきたかったのです」

「どうしてですか？」

「大仏の塑像を造るのにふさわしい良い土がある紫香楽がどのような地か、この目で確かめておきたかったのです」

「収穫はありましたか？」

「それが……」言い淀み、わたしは持参した乳木で護摩を焚き、その火で好麻《ハオマ》が入った器を温め、ほど良く温められてから、ふたつの椀に注《つ》ぎました。

ミヤコさまとふたりで、好麻を頂きます。ミヤコさまのためにお作りした好麻をいっしょに頂くのは、初めてです。

好麻でミヤコさまと同じ気持ちになれる――わたしの心は華やいでいました。

半分ほど好麻を服《の》んだとき、わたしは恍惚《こうこつ》状態になり、体が浮き上がっていきました。わたしは天界に遊んでいます。わたしの背の上を、ミヤコさまが踊るように旋回していま す。

ミヤコさまの白い足と紫香楽の埃《ほこり》に塗《まみ》れたわたしの足が絡み、そのまま天の果てまで飛翔してしまいそうでした。

ミヤコさまのお顔は年齢を超越したふくよかさを湛《たた》え、輝きを放ちながら、わたしの名を幾度も呼んでいます。

わたしもミヤコさまの名を繰り返し囁きました。

そしてわたしの体から、恐らくミヤコさまの体からも、息絶えるように、力が抜けていきました。

どれくらいのときが過ぎたものか、わかりません。ミヤコさまを抱き締めたまま、深い眠りに落ちていたわたしが目を覚ますと、ミヤコさまは微かな寝息を立てて、眠っていらっしゃいました。寝顔に、ほんのり笑みが浮かんでいます。

何もかも手放した者に現れる無垢《むく》の、初々《ういうい》しくも、神々《こうごう》しいお顔です。

「ミヤコさま」わたしはミヤコさまの肌をさすりながら名を呼びますと、ミヤコさまが緩やかに目蓋《まぶた》を開かれました。

「ゲンボウ、わたしは今、美しい海の中にいました」たった今、海から上がってきたような、幾らか呼吸の荒い、潤いを帯びた眼差しです。

「どこの海ですか?」

「紀伊国の海に潜り、鮑《あわび》を捕っていました」

「もう一度、潜りますか?」わたしは少しふざけた調子で訊きました。

「無理です」ミヤコさまが真顔で答えられました。

「どうしてそう思われます?」

「わたしはこの地から出られない身ですよ」夢から覚めた口振りです。

「フジワラが滅んでも、ですか?」内道場にはミヤコさまとふたりだけなのに、わたしの声は人の耳を憚《はばか》るように、自然に小さくなっていました。

ミヤコさまはこってりした笑みをつくり、

「ええ」と応え、わたしの胸に再び顔を寄せてきました。

「ミヤコさま、都が廃墟と化しても、経典が灰になっても、永遠に生きるミヤコさまの盧舎那仏を、お造りいたします」

「そのようなことを口にしてはいけません」ミヤコさまはわたしを諌《いさ》めました。が、わたしの口は止まりません。

「帝は華厳経に感銘を受けておられます。華厳経の仏、盧舎那仏は人々の中心にいて、あらゆることを受け入れてくださいます。権力に傾く男たちの世は、いつか滅亡します。さもなければ、人も、海の生きものも、野山の草木も、命の終わりを迎えるでしょう。そうならぬよう、盧舎那仏を造立しなくてはなりません。盧舎那仏の化身は何か、おわかりですか？女人です。生の苦しみを舐《な》め尽くしても蘇り、なお生きる女人こそ、紛れもなく黄金色に輝く盧舎那仏の化身なのです」

ミヤコさまこそが、その女人です。大仏の目はミヤコさまの目、故郷で生きられなかったミヤコさまが蘇って、ご自分の未来を生きる目なのです。そう仄《ほの》めかしたつもりでしたが、ミヤコさまの心は動いた風でもなく、

「帝は承知したのですか？」と訊かれただけです。

「マキビが奏上しております。帝のひと声で、わたしの仕事が始まります。間もなくでしょう。そのとき、わたしは紫香楽に参ります」

床板の軋《きし》む音が聞こえます。風の音かもしれません。が、気になる音です。わたしはミヤコさまに、

「そのままで」と仕草で告げて、衣一枚だけ手早く羽織り、廊下に出てみますと、人影らしきものの姿はまだ遠く、有明の月に朦朧《もうろう》として、何者なのか、見分けられません。

だれだ？　わたしは胸の中で叫びました。内道場に入ってこられるのは、帝か公卿か、幾らもいません。それも日のあるうちで、夜の訪問者は、これまであった例《ためし》はないのです。

ただ事ではないな。わたしの神経が尖《とが》っていきました。

二十

群雲《むらくも》から姿を現した月の光が、影に当たりました。影が輪郭を現しました。何と、マキビです。わたしはホッと胸を撫で下ろし、

「脅《おど》かすでない」と近づいたマキビを睨み、咎《とが》めました。

「怒るな。朗報を持ってきた。一刻も早く知らせたくてな。大安寺にいなければ、ここしかないだろう」マキビはわたしの咎めなど構わず、まくし立てました。

「大仏造立を帝がお許しになったのか?」こんな時間に内道場を訪ねてくる理由は、ほかには考えられません。

「そうだ。しかもな、帝もそれを考えていたと言われたのには、驚いた。モロエさまはむろんのこと、おれもお褒めの言葉を頂いた。総指揮はゲンボウに任せると言われた。さっそく開始だ」

わたしとマキビは肩を叩き合って喜びました。それから、中にミヤコさまがおいでだ、とマキビに目配《めくば》せしました。マキビの目が、わかっている、と言っています。

ミヤコさまに対面させないままマキビを追い返すなど、今となっては、むしろ不自然でし

た。わたしとミヤコさまが情を交わしている仲だと、マキビは既に承知していて、知らん顔をしているだけのようですから。

わたしとマキビはミヤコさまの前まで進み、腰を下ろしました。

ミヤコさまはひと通り身なりを整えていらっしゃいましたが、さぞかしハラハラされていたことでしょう。

内道場にミヤコさまの御休み処を造るようにと奏上したのは、ほかでもない、マキビです。大安寺にいないわたしを、内道場に探しにくるなど、冷静に考えれば、マキビにしかできないことでした。

わたしはマキビに、おまえが言え、と目で告げました。マキビは頷き、

「大夫人さま、ご無礼をお許しください。近々帝は盧舎那仏造立を命じられます。直《じき》に詔書《しょうしょ》が発せられましょう。詔書はこうでございます」とかしこまった口調で申し上げると、懐《ふところ》から笏《しゃく》を取り出して、額の高さまで恭《うやうや》しく上げて、それから目の位置まで下げ、しっかりした声で読み始めました。

「夫《そ》れ、天下の富をたもつ者は朕《ちん》なり。天下の勢《いきおい》をたもつ者は朕なり。この富と勢とをもって、尊き大仏を造らむ。そのようなお言葉が発せられます」

帝が直接マキビに詔書の内容を漏らすなど、あり得ません。どのような手を使って、詔書の内容を知り得たのか？　わたしは声を潜めて、マキビに問いました。

「それが真《まこと》だという証《あかし》は？」

「タチバナノモロエさまから聞き出したのだ」マキビが小声で答えました。

その場で書き留める行為は、憚《はばか》られたのでしょう。いかなる理由があろうと、帝の言葉を密かに流すなど、以ての外です。しかし、大仏造立の影の発案者はミヤコさまです。記憶力の良さが自慢のマキビであっても、一言一句は憶《おぼ》えきれず、帝の言葉となれば、なおさらです。モロエに悟られないように笏の裏に、人の目が届かぬ場所で、急いで書き記した、とのことでした。

帝の言葉をミヤコさまにお聞かせしたからでしょうか、ようやく落ち着いたらしく、マキビは静かな声で、

「ゲンボウ僧正が全指揮を執《と》ります」とミヤコさまに告げました。

「ご苦労をかけました」ミヤコさまはご自分の思いつきでふたりの男が動き、帝の心を摑んでくれた感謝をたっぷり含んだ、たおやかな語調で礼を言われました。

マキビは深く頭を下げました。

マキビが去っても、わたしは内道場に残りました。

盤の底で燃えている炎が、長安の妓楼で見惚《みほ》れた真紅の牡丹《ぼたん》のようです。

わたしは乳木を足し、火柱を立たせ、茜色《あかねいろ》に染まるミヤコさまのお顔を見詰めたまま、下紐を再びほどきました。

乳木の香りに酔いながら、わたしはミヤコさまの体の隅々までいとおしみました。されるがままのミヤコさまが、乳木の呪力でしょうか、それとも好麻の力がまだ働いているのでしょうか、はたまた盧舎那仏造立が実現する歓びからでしょうか、突如体をしなやかに、激しく動かされ、わたしの魂を痺《しび》れさせてくれました。

ミヤコさまは細く開いた口から、火のような息を漏らしています。その息を吸い込む度に、わたしの体の奥深くに火が灯ります。

淡い虹が、ミヤコさまの白い素肌を覆っていきます。

虹の中のミヤコさまが、囁くのです——人間業《わざ》とは思えない大きな盧舎那仏を造ってください——。

ミヤコさまの囁きに、わたしは答えました。

——ミヤコさまの盧舎那仏を造ります。盧舎那仏は未来のミヤコさま、永遠のミヤコさまです。わたしの胸の中のあなたは、年老いた女人ではありません。永久に美しい、瑞々《みずみず》しい女人なのです——。

乳木の芳香が、わたしの脳を痺れさせている。

魂が痺れている。

わたしは夢を見ているのだろうか？

夢がわたしに言わせているのだろうか？

ミヤコさまの肌も、芳香も、鮮やかな虹の色彩も、盧舎那仏も、夢の中の出来事だろうか？

内道場に来たマキビは、幻影だったのか？

わたしは夢の中で、さらに幻覚を見ているのだろうか？

東の空に重い雲が広がり、僅《わず》かな雲の切れ間から、白い光が、西方の山肌をぼんやりと明るくしていました。

「雨か……」

ぬるりとした滴《しずく》が一滴、また一滴、額を打つ。夕方と見間違う弱々しい光の射す朝、わたしはマキビに会いに、邸《やしき》に向かいました。昨夜の話は真か、何もかもが好麻の幻覚ではなかったか、確かめたかったのです。

わたしはずかずかマキビの部屋に入り、

「おまえ、昨夜、内道場にきて、帝が大仏造立の命を下すと言ったが、間違いないか？」と問い質《ただ》してみました。

「胡人の薬が効きすぎて、夢と現《うつつ》が逆さになったか？」マキビがあきれたように笑います。

「それでは真か？」

「そうだ。いつ詔書が発せられてもいいように、準備はしておいたほうがいい。そう言った

はずだ」と言ってから、

「おまえがきたので、手間が省ける。もうひとつ、内密の話がある」と前置きして、マキビは体をグイッと近づけて、言い出しました。

「恭仁京遷都を進めている最中なのに、帝は難波《なにわ》京を建設し、難波京への遷都も計画しているようだ。おまえの予言通りだ。帝は都を三つ造るつもりらしい。既に恭仁へ移動した役人や商人が結構いるのに、難波が都になったら、どうなる？　帝は仏に取り憑かれ、うなされている、平城京に留まっているほうが良さそうだと、動かない者だって出てくるだろう。こんなときの大仏造立だ。人心を穏やかに治め、国家鎮護という大きな目的の大仏造立が失敗すれば、それこそ帝の命の保証はない。その上、今は全国的に凶作ときている。財政は逼迫《ひっぱく》する一方だ。こんなご時世に必要なのは、新都ではない、民衆の心を真に救済する大仏のほうだと、末端の政治家に至るまで、そう思わせなければなるまい。ゲンボウ、頼むぞ」

「遷都か大仏か……。帝が世の中をうるさくしているということか」わたしは顔をしかめました。

マキビと別れ、わたしはさっそく、人集めに走りました。

わたしが目をつけた人たちは、だれもが首を縦に振りました。

わたしは集まった面々に、塑像造りのための大量の粘土を掘り出す作業は重労働だが、最も大切な仕事であると、肝に銘じさせました。

それから、大極殿、内裏《だいり》、寝殿、役所、貴族や官僚の住居、職能者の住まいの建設を説明しました。

「それらは簡素で良い」と前もって伝え、それらの建物と併せて、作業所の建設に着手するように頼みました。

職能者たちは慌ただしく紫香楽に移動しました。

平城京や恭仁京とは違い、紫香楽のは、板屋根に掘立《ほつた》て柱の造りなので、完成しても下級政治家の住居とそう変わりはないでしょう。

わたしの仕事は都を造るのではなく、仏像を造ることですから、それで十分だと考えていました。

夕餉の時刻になると、食事と好麻を携えてミヤコさまと満ち足りたときを過ごす習いが、紫香楽詰めで中断します。いかにも無念で、口惜《くや》しいのですが、ミヤコさまの希望を形にするための紫香楽行きですから、新鮮な情熱が後から後から湧いてきます。

降りそうだった雨は降らず、冷えそうだった空気は冷えず、むしろ季節外れの生温かさを孕《はら》んでいました。

このとき、九州、大宰府に疫病が発生し、足早に都に近づいているという知らせが入ってきました。

ミヤコさまの大仏を造る、人手がもっとほしいと、そのことだけに神経を遣っていたわたしは、その疫病がどれほど恐ろしい怪物か、知りませんでした。

二十一

疫病は豌豆瘡《わんずかさ》（天然痘）でした。遣唐使が持ち込んだのだ、文物だけでなく、命を奪う菌まで持ってきたと、流言が飛び交いました。

畿内全域は豌豆瘡の流行で、地獄の騒ぎです。高熱、悪寒《おかん》、激しい頭痛に襲われ、人々はひ弱な虫のようにバタバタと死んでいきました。夏の最中《さなか》です。都には死臭が充満、逃げ場がありませんでした。

日射しが強い日、額から大粒の汗を滴《した》らせたマキビが泡を食って、わたしの寺に駆け込み、「薬はないのか？　胡人から特効薬を学んでないか？」と迫りました。汗は暑さのせいばかりではなく、猛威を振う疫病への恐怖が重なって吹き出していたようです。

「何かありそうだが、間に合わんだろう」

「どういうことだ？」と、マキビが極端なほど上擦《うわず》った声で、にじり寄ります。

「本草書から植物、鉱物、ひょっとしたら動物からも薬物を探し出して調剤し、効き目を調べなくてはならん。相当な時間が必要だ」

「その間に、みんな死んでしまう。すぐに使える薬があるだろう？」マキビは肩を落としながら、咬《か》みつかんばかりに迫ります。わたしは面喰《めんくら》いました。仕方なく、

「ミヤコさまに使った好麻に甘草《かんぞう》とある鉱物と麝香《じゃこう》を練り合わせ、竹筒に入れ、風通しの良いところで一年間陰干ししてから、煎じて服む。豌豆瘡に効く薬とは聞いているが、量産できないし、どの程度の効き目があるか、疑わしい。それに、その鉱物がわが国にあるかどうか、調べなくてはな」うろ覚えの処方なので、わたしは慎重にならざるを得ません。

「数人分でもあればなあ……。しかし一年は待てない」マキビが無念を露《あら》わにします。

　数人分とは、だれを指しているのか。むろん知っても、疫病が下火になったり、事態が好転するわけではありませんが。

「とにかく生水は飲むな。必ず沸かして飲むようにと民、百姓に至るまで伝えてくれ。罹患《りかん》した者の衣類などは燃やせ。死体は身分に関係なく焼く。火が疫病の源を殺してくれる。あとは天に任せるしかない」豌豆瘡を捩《ね》じ伏せる術《すべ》などわたしにはありませんが、マキビには投げ槍に聞こえたようです。万が一ミヤコさまが冒されたら、病魔にミヤコさまを奪われてなるものか、ミヤコさまはわたしの命、その肌に吸いついて、〝魔の膿《うみ》〟を飲み尽くしてやろうと、わたしは真剣に考えていました。

　何と、フジワラ四兄弟が罹患しました。高熱にうなされ、悪寒に震え、頭痛にのたうった果てに、体中から赤黄色の膿が噴き出し、肌が爛《ただ》れ、腐り、この世を去っていきました。長

男ムチマロは筆頭公卿《ひっとうくぎょう》の左大臣に昇り詰めていましたし、次男フササキ、三男ウマカイ、四男マロの出世も目前だったようですから、無念の極みだったに違いありません。

豌豆瘡は僅かの間に半数にも及ぶ公卿の命を奪ってしまいました。民、百姓はどのくらい命を落としたものか、その数さえわかりません。それは、まだまだ咲き誇れる命が不本意の豪雨で飛び散らされ、泥土にまみれ、元の色さえわからない朽《く》ちた哀れな花卉《かき》の群れのようでした。疫病と日照りで、都は生き地獄です。

政治の中枢を握っていたフジワラ四兄弟をはじめ大勢の貴族、高官が瞬《また》く間にいなくなったのですから、国家は死《し》に体《たい》さながらでした。

猛威を振るった豌豆瘡は、数カ月後にようやく収まりました。運良く帝は罹患を免れました。ミヤコさま、マキビ、わたしも無事でした。焦燥と不安は、むろん消えるものではありませんが、帝、ミヤコさま、マキビの無事に、わたしは心強さを覚えたのも確かです。

疫病と旱魃《かんばつ》に襲われ、無残な姿の都をどう立て直すか、残された者の急務です。

大仏造立の詔書《しょうしょ》を発せられた帝ですから、神仏の加護は大きく、速やかに悲惨な現実を克服されるだろうとだれもが信じていたのですが、疫病の恐怖に身が竦《すく》み、祟《たた》りだとおののいている帝のご様子に、側近たちの心中は複雑だったようです。

神仏の加護がどうであれ、わたしは帝が熱を上げている国家鎮護の大仏の塑像《そぞう》を、なおさら急がなければなりませんでした。

わたしが見るところ、生き残った政治家で有能なのは、タチバナノモロエとマキビくらいです。前々からマキビを高く評価していたモロエがこのときとばかりマキビに近づいたのは、だれの目にも明らかでした。

フジワラノムチマロと勢力争いを繰り返していたモロエの天敵を豌豆瘡が屠《ほふ》ってくれたのですから、ほくそ笑《え》んでも良さそうなのに、モロエの内心にはすっきりしない淀みのような異物が残っているようでした。天敵を己《おのれ》の武力、知略で堂々と滅ぼしたかったのでしょうか？　武人政治家モロエはそれほど潔い男なのでしょうか？

モロエがいかなる男か、深く知らないわたしは、疫病は神の計画と受け取るわたしとは人間の根本が違うと考えるより外ありません。

モロエは右大臣に昇格しました。フジワラに代わる新しい政治の舞台を疫病がつくったのですから、人の世はわからぬもの、儚《はかな》く、呆気ないものです。

国も人心も乱れの極みだというのに、帝は一体どうしたのでしょう。何を考えているのでしょう。気まぐれとしか言いようのない行動を取り始めたのです。帝の行状を心配したモロエは医官を呼び、考えを言わせたのだそうです。

「帝は常に躁《そう》と呼ばれる状態にございます。夜中に大声を出されたり、突然飛び起きて、じっとしていられなくなったり、不眠状態でもお元気に歩き回られるのは、神経がいつも落ち着かず、強い癇癪《かんしやく》状態にあると申しましょうか、興奮状態にあるのがこの病気の特徴であると、医書にございます」という説明を、表情を引き締めてしたようです。

宮廷医の見立ては正しいか。こと帝のことゆえ、慎重にならざるを得ないモロエはマキビに相談したそうです。

「ゲンボウ僧正の意見も聞いてみましょう」という顛末があって、マキビが帝の素行《そこう》をわたしに教えてくれたのです。

「宮廷医のお見立ては的《まと》を射ている。帝は昼夜に関係なく興奮状態にある。疫病の恐怖がきっかけになったのかもしれない。とにかくこの病気に罹《かか》ると、正しいのは自分だけで、周囲の意見などどめったなことでは聞き入れない」

「良い薬があるか」声が微かに震えています。

「残念ながら、ない」

胡人に学んだ薬を詳しく研究すれば発見できなくはないだろうが、豌豆瘡同様、どれくらいの年月を要するか見当がつきませんでしたし、万が一わたしの処方で薬害が発生したら、それこそ国家の一大事です。躁状態の帝のほうが、害は少ないはずです。

「本当に良い方法はないのか」マキビのしつこい真剣な口調に、わたしは意を決して言いました。

「そのような場合、唐土では転地療法で治していた。転地療法を勧めてはどうか」

「どういうことだ?」

「都を離れ、物見遊山《ものみゆさん》して、心を穏やかにする療法だ」帝が狂人、変人に変容していくよりも、都を留守にするほうがどれほど得策か、考えるまでもないことです。都に帝が不在でも、国は滅びません。社会はそれなりに動いていくものです。

マキビは腕を組み、目をつぶり、何やら考え込んでいます。

国が疲弊しているこのときに、帝を都から出すことなどできるわけがないだろう、冗談がすぎるぞと憤怒《ふんぬ》しているな……、そんな想像をしていますと、マキビが目をバチッと開け、思いも寄らないことを言ってきました。

「ゲンボウ、おまえは大した男だ。やっぱり名僧、名医だ」マキビが晴ればれしい表情を見せました。

「良い考えが浮かんだのか？」マキビの反応が意外だったので、勘が働きません。

「名案が浮かんだ。モロエさまに話して、モロエさまから帝に勧めてもらうことにする」

「名案とは何だ？」

「おまえは知らないことにしておく」ざわめく気持ちが落ち着いたような言い方です。

「どうしてだ？」

「おまえに責任が及ばないためだ。おまえは大夫人《だいぶにん》をお護《まも》りして、大仏造立に精を出してくれ」自衛に余念のない政治家らしくない言葉を残して、マキビは足早に姿を消してしまいました。何でも相談し合い、問題の解決を図ってきただけに、このときのマキビは異様でした。

帝が東国巡幸に発《た》たれたのは、それから間もなくのことでした。都からのお供は右大臣モロエ以下、内舎人《うどねり》、地下《じげ》など合わせて数十人ほどでした。

帝が東国巡幸に出発したその日、マキビがわたしにこんなことを語ったのです。

――どこに反乱が起こるかわからない情勢だ。地方の強力な豪族が反乱を起こしたら、今の朝廷は崩壊するかもしれない。手を打っておかなければならない。

それで、おれは閃《ひらめ》いたのだ。数十年前の壬申《じんしん》の乱のことだ。大海人皇子《おおあまのおうじ》が近江朝廷攻略の際、東国の豪族を味方にしながら兵を集め、近江朝廷を陥落させ、強い帝テンムになった。帝ショウムは、テンムの妻であった祖母のジトウを心から尊敬し、慕っていると聞いている。そこでだ、ショウムの世を護るためには、あの豌豆瘡に襲われなかった東国の兵力を固め、強力にして、抱え込んでおくことが肝要だ。その目的のために帝に東国各地を巡っていただく。おれはそう考えたのだ。この東国巡幸が、おまえの言う転地療法になるだろう。そのようにモロエさまに進言したら、モロエさまは膝を叩いて賛同された。どうだ、名案だろう――。

モロエが賛意を示したことで、〝名案〟とやらをわたしに話しても良いと判断したのでしょう。やはりマキビは用心深い、抜け目のない政治家です。精神不安定な躁状態の帝を転地療養させるというお触れは出せません。が、疫病で多くの人材を失ったショウムの世を強化するための巡幸ならば、不審感は抱かれないでしょうから。

東国巡幸とは名ばかりの帝の東国転地療法の詳細は知りませんが、マキビからおよその行程は聞かされました。奈良の都を出た後は、伊賀国、伊勢国、美濃《みの》国の各地を巡る。しかし美濃国の不破《ふわ》（関ヶ原）より東へは足を延ばさないということも、モロエとマキビは申し合わせてあるのだそうです。

それで帝の躁病は闇の中へ……そうしたいのでしょう。

供を命じられたモロエが帝の転地療法を巧みに利用して、疫病に冒されなかった東国の兵力を固めておくという筋書きですから、知っても知らなくても、この件に関しては終始わたしは蚊帳《かや》の外です。

戦《いくさ》の準備は怠らず、着々と進める一方で、国家安寧《あんねい》と民の平和のために、六丈もの金銅大仏座像を造立する大仕事とを矛盾なく進められるのですから、モロエもマキビもしたたかです。

こうしてはいられません。わたしは紫香楽《しがらき》の大仏造立に従事する労働者たちに、大仏の輪郭を一日も早く完成させるように活を入れてはあるものの、気掛りがありました。人手不足のために作業は思うように捗《はかど》らず、疲労が重なり、労働者の動きはのろのろと鈍っているのです。そこに追い討ちをかけたのが疫病と旱魃です。民、百姓は過酷な労働に駆り出され、田畑を耕す時間も奪われて、音《ね》を上げているのです。

疫病と不作は天の祟り、天の怒りと諦めて、気持ちを切り替える逞《たくま》しさを持ち合わせているのも民、百姓の強さですが、疫病や不作よりも民、百姓の心と体を蝕《むしば》んでいたのが、この強制労働だったのです。一家の働き手が恭仁《くに》京造りに駆り出される。そこに紫香楽の仮の宮造りが重なり、ひょっとしたら難波《なにわ》京造営にも従事しなければならず、田畑は荒廃するばかり。おまけに政府からの手当はあるのか、ないのか。

このような日々が続けば、餓死が民、百姓を待っているだけです。そこら中に転がる新しい死体……。そんなおぞましい光景が、わたしを悩ませていました。

良い知恵が浮かばないまま紫香楽の現場に到着したわたしは、眼前の光景にわが目を疑いました。

「これは、一体、どうしたことだ?」労働者の数が明らかに増えているのです。動きが速やかです。

わたしは労働者のひとりに近づき、声を掛けました。

「いつから働いている?」むろんひとりひとりの顔など覚えているわけではありませんが、疲労も限界にきているはずの男たちが威勢の良い声を発し、せっせと体を動かしているのです。労働者たちの結びつきは、言葉にしなくても通じ合うものがあるらしく、わたしは思わずそのひとりに訊いたのです。

「五日前からです」僧衣を纏《まと》ったわたしを見て、扁《ひら》たい顔の男は体を縮こめ、答えました。それで新たに駆り出された労働者だとわかりました。

「なぜここで働いているのだ?」と尋ねました。

「ギョウキ菩薩さまに頼まれました」男はおどおど声で答えました。この者たちにとっての僧はギョウキただひとり。しかしわたしが僧衣姿なので、身を強張《こわば》らせているようです。

「何と!」わたしは一瞬、茫然としました。

ギョウキがここにいる! どういうことだ?

わたしはギョウキを探しました。

「ギョウキ菩薩はどちらにおいでか?」二、三人の労働者に尋ね歩いているうちに、向こうに作務衣《さむえ》のいでたちで材木を担いでいる男が目に留まりました。ほかの労働者と身なりが違いますので、その男がギョウキであることは、すぐにわかりました。わたしは近づいて、「ギョウキ上人」と後ろから声を掛けました。肩に担いだ木材をドサリと地面に下ろし、振り向いてわたしを見たその人は、まさしくギョウキでした。ギョウキは驚きと喜びを同時に顔面に刻み、

「おお、ゲンボウどの」と叫ぶように言われました。かつては龍門寺の義淵《ぎえん》を師として唯識《ゆいしき》論《ろん》(総ての現象を精神活動の発展と説明する学説)を学んだ間柄ですが、今は身分的には、わたしが上位にあります。が、ギョウキはわたしを僧正と呼びませんでした。仏教の世界ではみな平等の教えが身についてのことでしょうか。それともかつては共に机を並べたわたしへの親しみを表したかったからでしょうか。感情を即座に摑み取れるほどのつき合いはないも

のの、わたしの気分は悪くありませんでした。

「どうしてここに？」

「わしは土木工事を専《もっぱ》らにしている坊主でな。紫香楽の宮の建設と盧舎那仏の塑像造りに駆り出されている者たちから、人手が足りず、工事が遅れていると聞かされて、できる限りの人数を集めたというわけだ」

がっちりした肩の老僧が、実に若々しく見えました。

「お噂はこのゲンボウの耳にも届いております。ギョウキ上人のお力を戴けば、工事の遅れはたちどころに取り戻せましょう。真にありがたいことです」わたしは年長者のギョウキに本心から礼を述べました。

「国のため、民のためです。ところでゲンボウどの、わしが集めた労働者は百人ほどだ。優《う》婆《ば》塞《そく》（在家の僧）も大勢いる。ここに合わせて二百人を超える働き手が集まっている。しかし一家の働き手を取られた家族は困窮状態だ。交替で少しずつ家に帰したらどんなもんだろう」

「人手がなかったものですから、それが叶いませんでしたが、これからはできるというものです。しかし一旦家に帰った者が再び戻ってくるか、心配です」

「みな朗《ほが》らかに働いている。戻ってくる。そう信じてはどうですか」

真っすぐなギョウキの言葉遣いに、都の僧にありがちな僻《ひが》み、捩《ねじ》れは感じられません。根から明朗明晰な僧侶なのでしょう。

なるほど、ギョウキが集めた労働者は辛《つら》い表情を見せていません。どのような手を使って、どのような口説《くど》き文句で集合させたのかわかりませんが、菩薩と呼ばれ、慕われている証拠を喉元に突き付けられた気持ちでした。

「ここで大仏の塑像を完成させるのですな?」

承知しているはずなのに、ギョウキがわざわざ訊くのには、首を捻《ひね》ってしまいました。

「さようです。木や竹で骨格と体格を組み、その上に紫香楽の質の良い粘土を載せ、完成させます」わたしはさらりと説明しました。

「仏師に見せてもらったが、大仏の座像のお姿もお顔も美しく、神々《こうごう》しい。帝がお気に召されたのも、ご尤《もっと》もなことだ」

なぜ、帝がお気に召されたのを知っているのだろう、だれに聞いたのだろう。わたしの心に先先への気掛りにも似た感情が、薄墨《うすずみ》色の靄《もや》のように立ち込めました。

「人心は乱れている。民、百姓の生活は悲惨なものだ。政府への不満は頂点に達している。民の暮らしが貧しければ、租税は激減する。穀物、布、特産品は国の基礎になるものゆえ、政府は生産の安定を図ってやらなければならない。生活に苦しむそのような民衆の心を落ち着かせるために、大仏造立とは天晴《あっぱれ》だ。民衆の生活不安と心を鎮めるために仏教はあるのですからな。民衆が仏教を信じれば、人心を統一できる。盧舎那仏造立はたいそう有意義なことだ」

ギョウキは政治家のようなことを言ったり、土木工事を通して摑んだ民衆の実情を代弁するように言ったり、わたしを持ち上げたりしながら、大仏造立事業の必要性を論じたのです。

頷きながらも、わたしは声なき声で言っていました。

この仏はわたしの大事な愛する女人の仏です。「あがほとけ」なのです。

ミヤコさまへの思いに囚《とら》われているわたしにとって、一日も早く紫香楽の宮と大仏の塑像を完成させるために、ギョウキの力は必要でした。

二百人もの民衆が裸で汗を流している光景を眺めながら、本願成就に向けてギョウキの協力は拒めません。

二十二

それから何日かして、わたしは平城京に戻りました。マキビに会うためです。

人に聞かれてはまずい密談にふさわしい場所は、ほかにありません。わたしはマキビを内道場に呼びました。

すぐにやってきたマキビは、

「会いたかったぞ」と、わたしが言う言葉を先に言ったのです。開口一番に、マキビのほうにも問題が起こっているようです。が、呼び出した手前、わたしは、

「少々気になることがあってな、おまえの意見を聞いておきたいので、きてもらった」と、マキビを呼んだ理由をとにかく言っておきました。

「実は、おれのほうにもきな臭い動きがある。気の回しすぎならいいのだが」マキビが言います。マキビはわたしを過激な男だと評し、敵をつくりやすい性格だから注意しろと、唐土にいたころ、ときどき意見してくれたものですが、マキビは政治家特有の資質とも言うべき、優柔不断も併せ持っています。そのマキビがせわしげに現れた様子が普通ではないので、ぐずぐずと手をこまねいてはいられない事態に直面しているのが見て取れます。

「きな臭いって、どういうことだ？」マキビの話を先に聞こうと、気持ちを切り替えました。

「モロエさまが巡幸の途中で恭仁《くに》へ帰された。建設中の恭仁京完成を帝が急がせたらしい」

「恭仁京遷都が帝の望みなら、急がせても不思議はないだろう。帝は転地療養をそのまま続けているのか？」

「モロエさまの話では、帝は平城京に帰りたくないようだ。旅が楽しくなってしまったらしい」

「それがあの病気の特徴だ。平城京暮らしに飽きたので、恭仁京で新しい生活をしたいのではないのか？　早く新都を完成させるために、モロエを一足先に帰らせたのだろう」

「恭仁の新都に猛反対する者がいるのだ。きな臭さは、そのあたりから立ち上っているように思えてならない」

「だれだ？」

「疫病で死んだムチマロの二男、ナカマロだ」

「ナカマロか……」呟いたわたしの脳裡を唐突に、もうひとりのナカマロが過りました。

唐土に残ったとマキビが言ったアベノナカマロは、どうしているだろう。新羅《しらぎ》の使者から得た情報だとか、マキビの幻想譚《たん》らしきナカマロの消息にまつわる話はそれとして、どこかで生きているだろうか？　親しくもない男だったが、突然ナカマロという名を耳にして、わたしの頭は一瞬、懐かしい長安に飛んでしまったのです。平城京は連日慌ただしい。ゆったり暮らした長安の日々が蘇ってきました。

「都は平城京でなければならないと言い張るナカマロは、モロエさまの息の掛かった恭仁から帝を引き離す計画を立てているに違いない」

長安に飛んでいた頭が、現実に引き戻されました。

「しかし帝が恭仁京の新都宣言をすれば、ナカマロだってどうすることもできないだろう」

「フジワラの血を甘く見るな。ナカマロは、新都は紫香楽が最もふさわしい地ですと、帝に奏上したのだ。大仏造立の準備をしている紫香楽だから、帝は喜んだそうだ。ところが、ナカマロの腹は、紫香楽はあくまで大仏造立のための作業地であって、宮殿など造る気は端《はな》からない。しかし帝は紫香楽に新宮殿を造る気になっているらしい。モロエさまも、帝が熱望している大仏造立を持ち出されては、真っ向から異を唱えるのは控えなければと考えているようだ」

「わしも紫香楽を新都にするなど、聞いていない。だから帝や役人の住まいも粗末なものにしている」

「ナカマロも、おまえが建てている役所や内裏《だいり》を、立派なものに建て替える気はない。ナカマロは帝を欺《あざむ》いているのだ」マキビは推察を通り越して、断定的です。

「紫香楽新都建設や恭仁京遷都計画がどうなるかは、おそらく盧舎那仏が安置される寺と関係するはずだ。寺はどこに建てるのか、聞いていないか？」

裏でモロエとナカマロが駆け引きをしている。大仏の座す寺は、勝者が勧める地に建つのだろうか。それとも帝はだれにも語らず、既にお決めになられて、胸にしまっておられるのだろうか？

「モロエさまの力が強ければ、恭仁になるだろうが……」

モロエ派のマキビは自身の希望を口にしているのですが、要領を得ず、頼りない言い方です。

「紫香楽で二百人余りの労働者が汗を流している。人手不足で困っていたところに、百人もの労働者がドッと入ってきたのだ。わしは大いに助かっている。集めたのはギョウキだ。だれが口を利いたのか、だれがギョウキを動かしたのか知りたくてな、それでおまえにきてもらったのだ」

「ついにギョウキが現れたか」

マキビの唇が歪《ゆが》みましたが、いびつな苦笑だったのかもしれません。

「ギョウキとナカマロか?」突然、表舞台に姿を現したふたりのようですが、機を窺いながらそのときを待っていたのではないかと、わたしは勘繰《かんぐ》っています。

「ギョウキの労働者集団は恭仁京建設にも入っているぞ」マキビが言いました。

「そうか……」

「恭仁はモロエさまの地だ。ギョウキの労働者は恭仁にも紫香楽にも入っていることになるが、厄介なことにはならんだろう」マキビが政治家の顔で言います。

「どうしてだ? わしの気持ちは複雑だ。マキビはそう思わんのか?」わたしは、厄介なことにはならんだろうと言ったマキビの腹がわかりません。

「ギョウキはせいぜいが労役集団の頭領だ。帝はギョウキ集団を解散させようなどとは考えてはいない。民衆の反発を招くからな。表立ってそのようなことをするより、政治家に命令して、小僧《しょうそう》ギョウキと位置づけて働かせれば良いのだ」

「小僧か……」ギョウキを小僧呼ばわりするところは、怖いもの知らずの権力者の一面です。都合が悪ければあっさり切り捨てる政治家に、坊主は坊主で敏感なのです。

わたしはギョウキが不気味でなりません。

「ところでゲンボウ、フジワラノヒロツグを知っているか？」ギョウキなど気にすることはないという風に話を打ち切ったマキビが、声を落として訊いてきました。

「フジワラノヒロツグか？　聞いたことのある名だ」

「疫病で死んだウマカイの長子だ。ヒロツグの動きも気になる」

「何か企《たくら》んでいるのか？」

「おまえの治療で大夫人は全快したが、ウマカイが何を考えていたのか、本心を知る間もなく、疫病で死んでしまった。ウマカイ一族がこのままおとなしくしているはずがない」

大仏建立に全神経を注ぎ込みたいのに、マキビがさらにわたしの気を乱す話を持ち出します。

「有能な男か？」わたしは僧衣の袖についている芥《ごみ》を払いながら訊きました。

「それほどでもない」

「そんな男の何が気になるのだ」

「フジワラ四兄弟の死で躍り出たのがモロエさまだ。大納言になられ、すぐに右大臣に昇格されたほどの方だ。おれもおまえもモロエさま側だと、だれだって知っている。しかもおれたちは、帝からも信頼されている。それがヒロツグは面白くないのだ」

「親の亡霊が子、孫に取り憑《つ》く。フジワラの血だな。そのヒロツグなる者はどこにいるのだ」

「大宰府《だざいふ》に派遣されている。大宰府長官だが、実質は左遷だ。ヒロツグは孤立している。おれが気になるのは、そこなのだ」

大宰府は朝廷の役所のある地で、そこの長官の地位にヒロツグは不満だということのようです。

「大宰府は遠い。そんな地からいきなり何をするというのだ？」

「わからぬ。しかし不穏な動きがあるようだ。頭の悪い男は焦って何をしでかすか、わからん。それでモロエさまに、東国の兵士をしっかり掌握《しょうあく》されて恭仁へお帰りになられたのでしょうかと尋ねたところ、むろんだ、帝が転地療養されている間、東国の勢力を抱え込むのに専念したというお返事だった」

「それなら杞憂《きゆう》ではないのか？」

「そうだといいが、ヒロツグの不穏な動きがだれに向かっているものか、どうにも気になって仕方がない」

「官僚の保身だな」

「おまえはのんきだ」

「アハハハ」

「笑うな」

「まあ、そう気にするな。おまえと話し合って、大いに得るものがあった。ヒロツグなる男が何をしようとしているか、おれも気にしておこう、と言ったところで、大した役には立たないだろうがな」と言いながら、わたしは、〝どいつもこいつもフジワラの怨霊に取り憑かれ、巻き込まれている。官位ばかりに神経をすり減らしている。争いは、真にあくどい者が勝利するのだ。才あっても、運に見放された者は敗北する〟、と腹の中ではマキビに苦言のひとつも言っておきたかったのです。

仏教で国を治めると宣言している帝も、朝廷の中枢に座り続けたいフジワラも、権力にしがみついている仏教徒も、ひと皮剝《む》けば、あくどい血が噴き出してこよう。都に蔓延《まんえん》するあくどさをことごとく炎で包み、灰にしてしまうのが、わたしの宗教、祆教《けんきょう》なのだ。見ているがいい。

心の奥底でじっとしていた執念がムクムクと起き上がり、わたしの体中を、業火《ごうか》が激しく渦巻き、大風が吹き荒れていました。

マキビが内道場を去ってから、わたしはミヤコさまのお側に行きました。ミヤコさまはにこやかなお顔で、

「マキビと長いお話でしたね」と言われました。

「マキビは政治の中枢におりますので、心配事が絶えないようです」わたしはギョウキに関する気掛りは控えました。

「帝は東国からいつお帰りになりますか?」

「当分の間、都を留守にされましょう」

「それで大丈夫ですか？」

「モロエやマキビなど有能な政治家がおりますので、ご心配には及びません」

「ゲンボウが紫香楽に行っている間はさみしくてなりません」薄く開いた口元からこぼれた言葉に、わたしは溶けそうになりました。恥じらいのない都の女人とは違うミヤコさまの素直さに、慌ただしい出来事に追われてささくれていた気持ちがなだらかに、安らいでいきました。

「今しばらくのご辛抱を。盧舎那仏の塑像は間もなく完成します。本物は黄金の炎を背負う美しい大仏になりましょう。ミヤコさまに早くお見せしたいものです」

眼前で、ミヤコさまのお顔と盧舎那仏のお顔が重なったり、少しばかりずれたりしながら、ふたつのお顔が空に映し出されていました。

「ゲンボウ」と呼ぶ声が、ふわりとわたしを包みました。ミヤコさまの声なのか、盧舎那仏の声なのか、区別がつきません。わたしは形定まらぬ雲のようなその声に乗って、ミヤコさまの体に吸い寄せられていきました。

マキビが調べたところ、紫香楽の仕事場にギョウキを起用したのはフジワラノナカマロだったことがわかりました。恭仁にもギョウキの口利きで、おそらく忍びの者のような役割で働いている者が何人もいるようでした。ギョウキはフジワラ側の僧になっていたのです。仏教にさほど熱心でないナカマロがギョウキを抱き込んだのは、優れた土木技術を持っているからという理由だけではなく、ギョウキの民衆を集める力がほしかったのでしょう。ナカマロは国家の予算を立てる役所の中心人物です。疫病と旱魃による田畑の荒廃で不作が続き、税は一向に集まらない。国の統治はうまくいかず、ここはひとつ、ギョウキの力を利用しよう、と考えたようです。

民衆と共に汗を流すギョウキを敵に回すと危険です。利用できるものは何でも利用する。宗教だって利用する。フジワラの権力固めにギョウキを抱き込んだのは、ナカマロにとって一挙両得の策だったなと、とじかかった糸が少しずつほぐれてきたように感じました。

ヒロツグが気になると言ったマキビの勘が的中した事件を知ったのは、それから幾日も経たない、どんよりしたある日の午後でした。杞憂ではありませんでした。九州、大宰府に左遷されていたヒロツグが乱を起こしたのです。大胆にもヒロツグは転地療養中の帝に上表《じょうひょう》(帝に奉《たてまつ》る文書)を提出し、挙兵したのです。上表内容は、驚くべきものでした。

――ゲンボウ僧正は大夫人の寵愛を受け、タチバナノモロエを後ろ盾《だて》にキビノマキビと結託し、政権の掌握を企み、帝に禍《わざわい》をもたらす君側《くんそく》の奸《かん》、わたしはこの者たちを討ち奉る――。

ヒロツグは九州で兵を挙げ、平城京目指して押し寄せてきましたが、

「ヒロツグの乱は反逆罪である」という帝の宣旨《せんじ》で、兵士は蜘蛛の子を散らすように逃げ出

し、政府軍はヒロッグ軍を追い詰め、西方の海上で首謀者ヒロッグを処刑し、反乱軍は呆気なく敗北しました。

ヒロッグの焦燥《しょうそう》が、無謀な乱を起こしたのです。当然、失敗に終わったものの、ヒロッグを無能な男と見下したマキビの読みは正しかったのです。無能者の難点は、帝のために兵を挙げれば帝はそれを許すと思い上がる単純さで、そういう種族はせっかくの命を無駄に使ってしまうものです。

ヒロッグ斬首を帝が知ったのは、伊勢国でした。しかし帝は混乱する平城京に引き返すでもなく、東国の転地療養をのんびり続けたのです。これが躁病の特性なのか、それとも実は帝は大きな人物なのか——。

後日わかったことですが、宿泊地で毎夜、唐の音楽を楽しみ、東国各地を物見遊山、巡幸した帝の健康は随分恢復されたのです。帝の健康恢復は転地療養を勧めたわたしにとってひとまずの安心材料です。

ヒロッグの乱を、身のほど知らずの莫迦《ばか》めと罵《ののし》り、目障《めざわ》りな小者がひとり葬《ほうむ》られたとマキビはあっさり片づけています。が、どういうわけか、わたしの気持ちはなかなか晴れませんでした。

二十三

帝は恭仁を都にすると言ってみたり、紫香楽を都にすると言ってみたり、難波を都にすると言ってみたりして、それらの地を楽しげに往来しています。躁状態にある者の典型なのですが……。

恭仁も紫香楽も難波も造営途中なのに、平城京は日に日に荒《すさ》んでいきました。浮かれているのは帝ただひとりで、諫《いさ》める者はなく、貴族から下級役人のみならず、僧侶から民衆に至るまで右往左往するばかりです。

モロエとマキビは、一体帝はどこを都にしようとしているのか本心が摑めず、平城京と恭仁の間を慌ただしく動いています。わたしの目には、武人政治家モロエや文人政治家マキビより一枚上手の策略家に映るナカマロとギョウキが不気味な行動を取っているように、どうしても映るのです。

そんなある日、紫香楽で大仏の塑像制作に没頭しているわたしの元に、珍しくマキビが現れ、

「どこか静かで安心して話のできるところはないか？」工事現場はまずい、という風に言う

ので、わたしは帝がお入りになる建設途中の内裏に連れていきました。床板の不安定なところがあり、歩くとぎしぎしと軋《きし》む音が気になりましたが、労働者が気軽に出入りする役人用の掘立《ほった》て柱住居よりも、床の軋む音で人の侵入を察知できますから安全です。マキビが困った顔をしています。

「帝の躁状態とやらは、本当に治ったのか？」

「治ってはいない」

マキビは腕を組み、軽い唸《うな》り声をひとつ発して、

「帝は本復していない。高ぶる精神状態を平静に保つ薬を、おまえ、どうにかならないか？」

と言うのです。

「薬で平静にするということは、頭の働きを鈍らせることだ。昼夜構わずうとうとする。そんな帝なら、暗殺されるかもしれないぞ。むしろ躁状態のほうが人目を騙《だま》せるってもんだ」

帝に手を焼いても、行き届いた気遣いはするべきだろう、と伝えたかったのですが、マキビは不満面《づら》をしています。

「うーむ。帝の気ままな思いつきのために浪費が重なり、財政が持たん。莫大な費用だ。財政が底をついたら、盧舎那仏まで回らないぞ」わたしにも責任を分担させるような言い方です。帝の金遣いが、マキビを悩ませているのです。船が嵐や大波に弄《もてあそ》ばれながらも唐土から故国に帰ることができたおれたちなのに、都大路を走る船は、帝のあれやこれやの不可解な

振舞いで難破しそうだ。悪くすれば沈没だと、珍しく弱音を吐いています。

「マキビ、今こそおまえの出番だ。ここ紫香楽は、帝の名が未来永劫残る大仏造立の大事業を成就《じょうじゅ》させるための作業地だ。帝が民衆の平安を願って完成させる大仏は何百年、何千年先の後世まで生きる厚みのある遺産なのだ。人は死ぬ。政治も国も変わる。しかし大仏は人の世の時間を超えて残る。おれは空想を論じているのではない。大仏は帝自身の精神でもあるのだ。神仏の怒りに触れるということは、帝ばかりではなく、この国の民の身と心を破壊することになるのだ。人間は当てにならない生きものだ。人の力ではどうすることもできないとき、大仏の知恵にすがる者たちが集まってくる。平城京は方位からしても、最も都にふさわしい地だ。大仏は平城京に安置すべきなのだ。方位は、帝の健康においても軽んじてはならない。大仏造立は金の問題ではない。このふたつのことを帝に伝えてくれ。頼むぞ」

大仏が造立された暁《あかつき》には、帝のわたしへの信頼は不動のものになる。わたしの宗教、祆教はそのとき帝に認められる。長い迂回路だったが、事の重大さを考えれば、結局これが正攻法だったのだと自分に言い聞かせ、わたしは密かに自信を深めていきました。

わたしの長広舌《ちょうこうぜつ》を目をつぶってじっと聞いていたマキビが鋭く目を開けて、

「モロエさまから帝に奏上してもらおう。それで帝がどう考えられるかだ。帝の落ち着かない行動が止まってくれればいいのだが……」その声は初めは語気強く、終《しま》いは冷静さを取り戻すような独り言に近い呟《つぶや》きでした。

「ところでマキビ、モロエは恭仁京をどう考えているのだろう？」

「恭仁の地はモロエさまの勢力の行き渡っているところだが、モロエさまの本心は恭仁を離宮にしたいらしい。西の長安、東の洛陽《らくよう》と唐にはふたつの都があるが、財政豊かな大唐帝国ならではのことで、わが国ではむずかしい。だが、別の見方をすれば、唐は分裂国家でもあるということだ。恭仁の地は、北に山を背負い、東と西に丘が走り、南の平野には豊かに水がある。玄武《げんぶ》、青龍《せいりゆう》、朱雀《すざく》、白虎《びやつこ》を成し、唐が何より重要視する風水に叶ってはいるが、平城京の四禽図《しきんず》の完璧さには到底叶わない。離宮程度の規模が良いと、モロエさまは考えている。恭仁京が出来上がっていないところへ、費用の莫大な紫香楽宮造営などとんでもない。モロエさまは気に入らないのだ」

「それならば話は早い。わたしの考えとモロエの本心を併せて帝を説得するのだ。金銅の大仏を造立できる場所は平城京しかないと。平城京は長安に匹敵する立派な帝都だ。マキビもそう思うだろ？　四禽図に叶う最高の地なのだ。興福寺も薬師寺もわたしのいる大安寺も、恭仁や紫香楽へは移らない。決して移らない」

「ならば大仏はどのような姿になるのか、詳しく話してくれ。帝に問われたとき、うろたえたくない」

「そうだな」

盧舎那仏の完成したお姿と、やがて梅の蕾《つぼみ》が膨らみ山々が瑞々《みずみず》しい緑に包まれる、そんな静かで麗しい都の景色を目の前に描きながら、わたしは語りました。

「見上げれば、その柔和な顔《かんばせ》にだれもが恍惚《こうこつ》状態になるだろう。そのお姿は、洛陽の巨像よりも遥かに美しく、品位があり、格調が高い。台座は葡萄《ぶどう》文様だ。葡萄は波斯《はし》国から唐土に伝わったものだ。背後は、蓮華と蓮の葉を象《かたど》った金銅で飾る。蓮華と蓮の葉は、祆教の象徴である炎を意味する聖なる火炎なのだ。蓮の花弁を炎に見立てるのは、形が炎と似ているからだ。聖なる炎の蓮華座にお座りになられる盧舎那仏は山の如く巨大にして不動、黄金の光を八方に放射する大仏に祈る者は驚愕《きょうがく》し、黄金の炎に包まれ、ひれ伏すだろう」

「そのような仏像は唐土にもない。ナカマロは財政困難と言ってるが、本心は恭仁や紫香楽に都を遷す計画を止めさせたいのであって、そのときを見計らっているのだ。帝の念願である大仏造立を阻止する力など、ナカマロにはない」マキビの声に力が漲《みなぎ》りました。

「互いにいがみ合っているモロエとナカマロは武人同士だ。フジワラの菩提寺の興福寺は平城京を離れることはない。つまり平城京に留まりたいフジワラは、恭仁京遷都を望むモロエと戦う運命にあるようだ。武人の考えることはそんなところだ。そのくらいは文人官僚のおまえの頭なら読んでいるはずだ」

「恐れ入ったな。坊主にしておくのはもったいない」

冗談交じりにそう言ったマキビの気持ちがほぐれたところで、わたしはもうひとつの協力を口にしました。

「わしが唐から運んできた薬草はいつか底をつく。遣唐使船でこの国にきている仲の良い波斯人と薬草園をつくりたい。ここの土に合わなければ、唐の薬草は育たない。この国の山野に自生する薬草を集めて、興福寺の僧侶用の薬草園を超える規模の薬草園をつくり、民、百姓へも施す。将来、必ず役に立つ。ふさわしい地を見つけてくれ」フジワラの薬草園を超える仕事はマキビを刺激するはずだと判断したのです。そして、薬草園はこの国に必要な農業であるばかりか、祆教の重要な教えなのです。

私の訴えに、マキビは頷きました。また、いつ、どんな疫病に襲われるか。疫病に倒れた者の痛ましさや人口減少の国家への影響を、豌豆瘡流行でマキビも嫌というほど見せつけられていますから。

「薬草で思ったのだが、今一度訊く。ひとり燃え上がっている帝をまともにする薬は本当にないのか?」

よほどマキビは偏執狂的な帝に手を焼いているらしく、一縷《いちる》の望みをわたしの薬草箱に懸けているのでしょう。わたしは、それがその病気の特徴なのだと、あっさり切り捨てられなくなりました。

平城京を捨ててはならない。大仏は帝の精神そのものであると力説して、帝を説得するよう頼んだばかりです。マキビを助けるには、どんな手が使えるか、考えました。

マキビのためにわたしができることは、ひとつしかありません。帝を説得するには、躁病

のひどくないときを見逃さず、その隙《すき》を狙わなければなりませんでした。薬がほしいと食い下がられて、つい、

「丹薬《たんやく》を試してみよう。しかし帝は自分が躁という病気の持ち主とは思っていないので、普通の方法では服《の》んでいただけないだろう。食事に混ぜるしかない。調理人にはわしから説明しておく」と答えてしまいました。

ミヤコさまの食事作りに東奔西走してくれた調理人は、あれからずっとミヤコさまの食事を手掛けており、ミヤコさまの病を治したわたしを、信用してくれています。

丹薬は鎮静剤です。慣れない匂いと味があります。が、濃い味つけの菜に混ぜて使えば、気づかれないでしょう。あの料理人ならば、きっとうまくやれる。確信した上で、マキビにそう伝えました。

「いつから始める？」マキビが覚悟のほどを見せます。

「帝は今どこにおいでだ？」

「恭仁だ」

「わしはすぐ平城京に戻り、丹薬を料理人に持たせて恭仁へ走らせる。一回に使う薬の量は料理人にしっかり教えておく。マキビは恭仁の料理係に、平城京の料理人が行くことを話しておいてくれ。丹薬を入れた食事は三日後の朝餉《あさげ》からだ」畏《おそ》れ多くも、帝に丹薬を使う。初めての投薬に身が縮こまるどころか、わたしはだんだん興奮していったのです。

「よし、わかった。奏上はその日の食後にする」

わたしと話し合った内容をモロエに伝えなくてはと、マキビは恭仁にそそくさと戻っていきました。

丹薬投与を聞かされたモロエは、蒼白く輝く中天の月を、瞬きもせず見詰めていたそうです。内心の不安を掻き消せなかったのでしょう。が、マキビの必死の説得でようやく了承し、マキビの同席を要求したとのことでした。一蓮托生《いちれんたくしょう》を迫ったのです。

マキビは同行を受け入れました。モロエはむろんのこと、マキビも貴族の身分ですから、帝のお側に近づけるのです。

それから三日後の朝、帝が丹薬の入った朝餉を終えてくつろがれておられるとき、モロエとマキビは謁見《えっけん》し、降格を覚悟で奏上すると、何と帝は上機嫌に言われたそうです。

「恭仁京は金がかかる。都造りは取りやめることにする。朕《ちん》は紫香楽宮で大仏造立を楽しむことにしよう。そなたたちの進言、うれしく思うぞ」

帝の回答はモロエとマキビが引き出したかった内容で、奏上は成功したのですが、あまりの呆気ない了承に、マキビは拍子抜けしたようでした。もとよりモロエは恭仁を離宮にしたかったのですが、帝のきっぱりとした口調に、帝は恭仁を捨てるのではないかと感じたようです。モロエに不安と不満が残ったのは明らかで、そのときのモロエの表情を逐一《ちくいち》観察していたマキビは、恭仁京の建造中止までは予想していなかったモロエが明らかに面白くない顔を隠さなかったというのです。ナカマロが力を注《そそ》いでいる紫香楽宮のほうに帝が傾いたのですから、モロエは不愉快だったのです。

モロエの心中など関係ない帝は、こうつけ加えました。

「今日の朝餉は旨《うま》かった。旨い食事の後は気分が良い」

帝は夢幻の境地を楽しんでいるような、穏やかな表情を見せていたそうです。料理人は腕を上げたな、醬《ひしお》を多めに使い、濃い味にしたな、とわたしは内心にやりとしましたが、マキビは、これが胡人から学んだ丹薬のご利益《りやく》か！　とミヤコさまのときと同様、心底驚いたようです。

このような薬を病める者たちに与えれば、だれもがゲンボウを称《たた》えよう。その結果、炎の宗教、祆教を信じる。ゲンボウ、おまえの勝利は近いぞ、とマキビは初めて実感し、心の中で喝采したようです。

大役を終えて表に出た途端に、モロエがマキビに苦言を呈したそうです。

「恭仁京建造中止は面白くない。ナカマロはますます図に乗るだろう」

「モロエさまらしからぬ言葉です。もともと恭仁は離宮にされる計画だったはずです。帝が紫香楽に遷《うつ》られても、都にはなりません。ここは血気に逸《はや》らず、様子を見ることです。ゲンボウからの報告を待ってから次を考えても、決して遅くはありません」

「わかっている。ところで、今朝の帝はどう見てもいつもの帝ではなかった。丹薬を混ぜた朝餉はよほど旨かったようだ。冷静にさせる効果があるとゲンボウは言っていたが、まさしくその通りだった。不思議なことが起こるものだ」

「胡人の薬の威力です」マキビはわたしの口調を真似て、自慢したようです。

モロエさまは武人だが思慮深い男だから官僚の頂点にまで出世できたのだろうが、帝の変容ぶりには、さすがに狐に抓《つま》まれた顔をしていたぞ、とマキビが笑って話してくれました。

丹薬は鎮静剤ですが、ほんの少しばかり大麻の液が混じっていますので、帝はそれはそれは心地良い夢幻の境地を、ゆったり遊ばれたのでしょう。

心配事がひとつ片づいたので、わたしは大仏の塑像造りに取り掛かりました。外形は焼いた土で造らなければなりません。塑像造りに紫香楽を選んだのは、紫香楽と少し離れた伊賀にも豊富な陶土《とうど》があるからです。大仏の外形造りには、山ひとつ崩さなければならないほどの陶土が必要になるかもしれません。山から陶土を切り出して、練って練って、大仏の体の線に沿って粘土で形をつくり、注意深く切り剝《は》がして焼く。大仕事ですが、待ちに待った仕上げの作業です。

――丹薬が帝に効いた。

わたしの首、肩、背が弛緩《しかん》しました。

作業場の一角に造られた仮住まいに仰臥《ぎょうが》し、わたしは手脚を伸ばして目をつぶりました。

板壁の隙間から、清澄な風が流れてきます。

お顔は穏やかに美しく、人々を別次元に運んでくれる盧舎那仏の鈴の音のような声が、遥か遠くから風に乗って聞こえてきました。鈴の音《ね》にうっとりし笑みがこぼれ、思わずわたしは「ああ、いい気分だ」と、目をつぶったまま囁《ささや》いていました。

二十四

わたしはミヤコさまに無性に会いたくなり、二、三日紫香楽《しがらき》を留守にしますと念のためギョウキに伝え、久しぶりに内道場でミヤコさまとふたりきりになりました。

平城京は抜け殻のように生気を失い、静まり返っています。帝はむろんのこと、主だった貴族、役人が平城京にいる気配がないのです。

「今日は何の説経をしてくれるのかしら?」日の高い時刻はわたしの講話に当てられていて、それを気にされているようでもあるのですが、戯《たわむ》れの匂いもありました。

「釈迦の弟子、難陀《なんだ》の話を……」わたしはつい、そう答えてしまいましたが、説法など用意してはいませんでした。なぜ難陀の名が口を衝《つ》いて出たのか説明できませんが、以前唐土の話をとミヤコさまに乞われたとき、咄嗟《とっさ》に則天武后の名を言ってしまったものです。武后や難陀の深い業《ごう》がわたし自身にあるのかもしれません。

「聞かせてください」

「はい。――長い間家を空けていて、いとしい人に会うことのできない難陀は、突如ある女人と出会いました。するとたちまち男根が異常に膨らみ、精液が飛び出し、女人の顔に掛かってしまいました。それを目撃された釈迦が精液に香油を混ぜ合わせました。すると、かぐわしい香水《こうずい》に変わったのです。それから釈迦はこう言われました。このようなときのために鼠《ねずみ》の皮をよく煮て、洗い、よく乾かした革袋を作り、それに射出しなさい」思慮を欠いたこんな話が飛び出たのも、わたしの業と無縁ではないのでしょう。

「ゲンボウも革袋がほしいの？」ミヤコさまが幾分上擦《うわず》った声で訊かれました。

「わたしはいつでもミヤコさまのお側に飛んでこられる身です」

「それなら、そんな情けない話をしなくても……。遠回しに難陀の話を持ち出さなくても……」

「わたしも愛欲に苦しんでいる僧なのです」

「あなただけがわたしを見捨てなかった。でもあなたは紫香楽に行く日が多い。ゲンボウ、わたしのさみしさがわかりますか？」ミヤコさまに微かな甘えが窺えます。

わたしはミヤコさまとふたりっきりで、この部屋に閉じ籠ってしまいたい。そう思った途端、ミヤコさまのすべてを食べ尽くしたい情欲が溢れ出て、ミヤコさまを求めました。ミヤコさまも、

「いつまでもこうしていたい」と、体をわたしにぴったり合わせました。ミヤコさまの手は冷たくて、既に汗ばんでいるわたしの手で温めて差し上げました。

「わたしとて同じ気持ちです。しかし紫香楽に行かなければなりません」

「ここに鼠の革袋があれば、ゲンボウのものに香油を合わせて、香水を嗅ぎながら過ごせるものを」

さっきはそんな情けない話をしなくてもと言われたのに、わたしが頻繁に紫香楽へ出掛けるので、さみしさに堪えながら刻《とき》を過ごさなければならないご自分を哀れんでいらっしゃるのかと思いました。わたしは辛くなり、俯《うつむ》いていた顔を上げてミヤコさまと目を合わせますと、思いのほか柔和な表情をされていました。それで、お戯《たわむ》れで言われたのだとわかりました。しかしどう話を続ければよいものか、接穂《つぎほ》を見つけられないまま、

「釈尊だからこそ可能な業《わざ》なのです」とつまらない辻褄合わせをしていました。するとミヤコさまは、

「胡人が教えてくれた妙薬は好麻《ハオマ》だけなの？」と柔らかな口調で食い下がりました。もしかしたらミヤコさまの本心は、香水をほっしていらっしゃる？　わたしに迷いが生じました。精液を香水に変える霊力などわたしにはありません。生身をミヤコさまに差し上げるよりほかに、方法はありません。

「大仏は最後の作業に入りました。今しばらくのご辛抱を」と言って、ミヤコさまを強く抱

きました。

ミヤコさまの柔らかな肉を硬いわたしの肉で包み、やがてミヤコさまの肉が溶けてひとつになる……、弾む息の中で、そんな夢想に耽《ふけ》っていたのです。

わたしとミヤコさまだけの満ち足りたときが流れていたそのとき、

「ゲンボウ僧正《そうじょう》、おいでですか？　ゲンボウ僧正ォ」と、大声で叫ぶ男の声が、わたしの夢想を粉々《こなごな》に砕きました。その声は尋常ではありません。

わたしは慌ただしく法衣をつけ、腰紐を結びながら声のほうに大股に歩いていきました。男の声は内道場の正面の方角から聞こえます。

正面の扉を開けると、肩を上下に激しく動かし、荒い息をしながら男が立っていました。

「何事だ？」まだ仄《ほの》かな明るさを残している時刻で、作業着姿で突っ立っている男の顔はよく見えたのですが、見覚えがありません。役人のようです。

「ゲンボウ僧正、紫香楽宮が燃えています」地面に片膝をつき、大きな息を吐きながら言う男の声が嗄《か》れているところから、早馬を休まず走らせてきたのがわかりました。

「何と申した？」

「紫香楽宮が炎上しています」

「大仏が燃えているのか？」咄嗟にそのことだけが頭を占領し、後の言葉が続きません。男もわからないのか、それには答えず、

「至急、紫香楽へお戻りくださいとせっつきました。

「わかった。馬を貸せ」

わたしは小走りにミヤコさまの元に引き返し、

「急用が出来ました。すぐに紫香楽に行かねばなりません」とだけ伝えました。

ミヤコさまの顔色が蒼白く変わりました。座しておられるミヤコさまは凍りついてしまったように、身じろぎもされません。

「ご心配なさいませんように。事が済みましたら、すぐに戻ってまいります」とは言ったものの、ミヤコさまの眼差しに滲《にじ》む苦痛が伝染し、胸が痛みました。わたしはミヤコさまを振り切って、急いで表で待っている男の元にいき、男が乗ってきた馬を使って、紫香楽に向かいました。

唐土滞在中に胡人の駱駝《らくだ》に乗った経験はありますが、馬の扱いには不馴れです。が、甲斐《かい》の馬は賢いようです。急《せ》くわたしの気持ちを察してか、素直に走り出してくれたのです。それればかりではありません。甲斐の馬は丈夫なようです。途中、休ませてやろうと思いましたが、馬のほうが紫香楽へ急いでくれているように感じたほどでした。

紫香楽宮に近づいたとき、赤く光っている山が間近に見えました。

「なんだ、あれは？」わたしは馬を止め、赤い山を眺めながら、ぼそりと呟きました。

「山が燃えているのか？　急がねば」自分と馬に言い聞かせました。

赤い山を見た場所から紫香楽までの距離は、実際には、まだ大部ありました。黒一色の空間に浮かぶ赤い山はすぐそこに見えたのですが、周囲の景色が闇に消されると、人の目から距離感を奪ってしまうようです。不気味な光景としか、言いようがありません。

馬を走らせ、紫香楽宮の作業現場に着いたときにはわたしは体が震えて、足に力が入らず、馬の首にしがみついて、馬から滑り下りました。

紫香楽宮は真っ赤な炎を上げ、漆黒《しっこく》の空を焦がしています。山は燃えていたのではなく、紫香楽宮から立ち昇る紅蓮《ぐれん》の炎が、山肌を染めていたのでした。

巨大な火の粉が、間断なくわたしを目掛けて降ってきます。

地面が口を開け、地底から無数の火柱が噴き出して、黒い空を突き刺しています。

桶《おけ》に水を汲んできては火消しに大童《おおわらわ》の労働者が、蟻のように見えました。

わたしは一目散に、大仏塑像制作中の仕事場に走りました。

「……!」

建物は手の施しようもなく燃え上がり、大仏の内部から真紅の火柱が天に向かって立ち昇っています。

大仏は粘土を貼りつけた部分と未完成の部分とがあり、大仏内部の竹と木材の骨組みから火の手が回っているらしく、粘土は焼け剝《は》がれ、背中、肩、腹に開いた穴から、業火がとぐろを巻いて噴き出ています。

そうだったのか！

それは突然のことでした。わたしの体が火と同化していったのです。

わたしは高揚していく自分を抑えられませんでした。

仏像も寺院も建立してはならないと教えるわたしの神が炎となって、現世の欲を焼いているのです。

わたしの高揚感が、業火の波長と合っていく――。

わたしの神がわたしを、聖なる場に立ち合わせてくれたのだ！

「豪華だ。これぞ荘厳《しょうごん》。まさに神のお姿だ」

天を焦《こ》がし輝く炎は、祆教の神の顕現《けんげん》です。浄《きよ》めの炎です。

火に、わたしは拝みました。

わたしの口元は抑えようもなく緩み、初めはささやかに、やがて高らかに哄笑《こうしょう》していたのです。

「ゲンボウ僧正の気が狂われた」火消し労働者の声が聞こえます。

「金の掛かるこんな仏像など造るなってことだ」

「帝のご命令だ。口を慎め」

「とにかく、うちに帰れるぞ」

大声で言い合う労働者の非難と喜びが飛び交っています。

火の勢いは激しくなるばかりで、放水はもはや無駄だと諦め、男たちは群れをなして、ただ呆然と立ち尽くすばかりです。わたしは男たちの群れに近づいて、炎の轟音《ごうおん》に掻き消されないように声を張り上げました。

「わしといっしょに火の側に行こう。巨大な炎は風を起こす。あの火は涼しい火なのだ。さあ、わしについて来い」

わたしは火の海に向かって歩き出しました。

業火が風を生んでいます。大風に、火柱が右に左に大きくなびいていています。

真紅に染まった仏のお顔が、微笑んでいます。

「ミヤコさま、ご覧ください。あなたを思い、全身全霊を注いでお造りした大仏が、神の光輝を放っています」わたしが炎の大仏を拝しながら火の海に入ろうとしたそのとき、

「ゲンボウ僧正、焼け死にます」と叫んで、ひとりの男がわたしの体を二本の腕で挟み込み、強い力で地面に捩《ね》じ伏せようとしました。

「何をする。火は涼しいぞ。涼火は焼き殺しはせぬ」

わたしを羽交《はが》い絞《じ》めにしている男の側に別の男が二、三人近寄り、ひとりの男が迫力漲《みなぎ》る声で言っています。

「これは悪魔の炎だ」

「炎の悪魔だ」

「そうだ。炎魔だ。炎魔の仕業《しわざ》だ」

恐怖を撥《の》ね除けたがっているような男たちの声が震えています。

「炎魔だ！」

畏怖《いふ》と敵意を曝《さら》け出しているような強い語気で叫ぶ男に、わたしは鋭い視線を向けました。

男はどう見ても民、百姓ではありません。ギョウキ側の、何かの役職に就いている者か、あるいはわたしが連れてきた役人のひとりかもしれません。

「だれだ？　おまえはだれだ？」だれでも良いものを、わたしは名告《なの》れと咬《か》みつきました。

自分でも説明できない追及でした。

むろん、その男は答えませんでした。

二十五

紫香楽宮の東西南北に建つ総《すべ》てを焼き尽くした大火で、貴族はむろんのこと薬師寺や興福寺など大寺院の僧たちが口を揃えて、

「紫香楽の大火は、遷都はなりませんという仏の戒めです」と奏上し、帝も堪《たま》り兼ねたらしく、平城京にお帰りになる決意をされました。

恭仁、紫香楽に移っていた役人、民衆は昼夜を問わず、せわしく平城京に移動するありさまです。

紫香楽宮の火事の原因はわかりません。つけ火だという噂があると、マキビが教えてくれました。

「だれだ？　火をつけたものがだれだか、わかっているのか？」

「幾人か名が囁《ささや》かれているが、おれはおまえではないかと想像している。そうではないのか？　ゲンボウ」マキビは当惑しているらしく、目を逸《そ》らしました。

心通い合う友とも思えない目の逸らし方です。しかし信で結ばれた者同士だからこそ、心に引っ掛かっている疑念を正直に打ち明けたとも感じられました。

わたしがじっと黙っていると、マキビは、

「おまえではないな……」と念を押すような、執拗に訊いているような、奇妙な声の殺し方で呟きました。

「なぜおれだと思うのだ？」わたしは落胆も怒りも覚えず、マキビの思っていることを訊きました。

「祆教がおまえの信心する宗教だからだ。帝と朝廷にくっついている政治家たちの目を晦《くら》まし続ける必要があったおまえは、とりあえず大仏造りに打ち込んだ。しかし塑像だ。燃やしても大したことではない。目的は火だ。大仏が炎上して、おまえは帝に働きかける。『帝がまず何よりも崇《あが》めなければならないのは、火の神です。そのことを、火に包まれる大仏のお姿で、帝に訴えているのです。火こそ、華厳宗のご本尊です』。そこで帝はおまえに、どういうことかと質《ただ》す。おまえは帝に直《じか》に祆教を説く。そう考えて、おまえは大芝居を打った。そうではないのか？」マキビは語気を強めたり、声を密やかにしたりしながら語りました。

わたしはマキビの意見に口を挟まず、じっと聞き入っていました。

紫香楽宮のどこから出火したのか知りませんが、そのときわたしはミヤコさまと内道場にいたのです。そのわたしがつけ火などできるわけがないのですが、マキビが胸の内を打ち明けているのを耳にしているうちに、火をつけたのはわたしかもしれない、火は手ではなく、わたしの魂が熾《おこ》した……、そんな幻想に囚《とら》われ始めていたのです。

それからマキビの目を射貫くように見据えて、

「自然発火だ。おれが欲を出して仏像を造ろうとしたのが原因かもしれん」

「おまえの欲が火を出したというのか？　わからん話だ。とにかくゲンボウ、おまえは特別な能力を持った重要な僧侶なのだ。祆教を捨てて、その能力を真っすぐ国のために使うことはできないのか？」

「マキビよ、おれが危険か？　見捨てていいぞ」わたしは表情を顔に出さずに言いました。

「ゲンボウ、おまえは大切なおれの盟友だ。だがな、これだけは言っておく。この国に祆教は適《あ》わない。帝も貴族も祆教を理解しない」マキビが悲しげな表情で訴えます。

「おまえはどうだ？　ミヤコさまのご恢復は祆教の力だ。その目でしかと見たはずだ」

「確かに見た。しかしそれは、医術と薬草とおまえの情が大夫人《だいぶにん》を生き返らせたのだ。祆教が大夫人を蘇生《そせい》させたとは、だれも信じないだろう。祆教は激しい宗教だ。過激な宗教は、この国を治める宗教としては受け入れられないだろう。祆教の能力をも備えた仏教徒になれ。それがおまえの存在価値なのだ」

「おまえまでが祆教は激しく淫《みだ》らな宗教だと言うのだな？」わたしを淫乱な貴族や政治家と同じ種類の男と見ていたと知って、わたしはマキビに、そう政治に縛られるな、権力など影も形もなく消えていくものだと逆襲したかったのですが、その衝動を必死に堪《こら》えました。

「おまえのしていることは善魔だ、そう揶揄《やゆ》する者がいる。そんな評判が広がらないようにするためにも、おれの願いを聞き入れてくれ」

善魔とは、正しいのは自分の宗教や主義だけであり、他は悪の使徒と見做《みな》す。炎上する大仏を見て「炎魔」と言い、一部の貴族、政治家はひそひそと、わたしを「善魔」と陰口を叩いている。紫香楽宮が全焼し、大仏炎上事件を引き起こした原因は、ゲンボウの存在そのものにある、と言っているのです。わたしは恐れられているのです。

わたしはマキビに向かって、ニヤリと笑いました。

「仏教徒は寛容で、精神も行動も総て善か？」わたしにとってはどうでも良いことですが、気を取り直して取り敢えず言ってみますと、マキビは真剣な表情で、

「おれは答えられん」ときっぱり言ったのです。

「仏教はやたら難解だ。民衆は理解できない。だがな、釈迦は人間が理解できないことは言ってはいない。いつも口をきれいにしておきなさい、歯を磨きなさい、と民衆に説いているのだ。なぜ釈迦はそのようなことを言ったのか、この国の僧たちは気にも留めていない。釈迦は健康な体をつくりなさい、強い清らかな精神は、そのような体に随《つ》いていくのだと教えているのだ。わしの祆教も、日ごろの暮らしでいえば、火できちんと調理した、体によい食べものを食べなさい、それが病を退治し、健康の尊さを教えてくれるというのが基本なのだ。むずかしい教義を説くのではなくて、火の尊さと恐ろしさは表裏の関係にあるということを、日々の暮らしで教えていく。それが宗教なのだ。こんな簡単なことが、なぜ理解できない」

「おまえとは長いつき合いだ。理解できるぞと言いたいのだが……」食いものや料理が国づくりとどう関係するのだと、マキビは首を捻《ひね》るのです。頭で物事を考えるマキビらしい反応ですが、そうは言えず、

「マキビらしくない奥歯に物が挟まった言い方だな」と精一杯穏やかな口調で返しますと、歯に挟まった異物が取れたようにマキビは、

「フジワラは、おまえが淫らな行為で、大夫人の中で長い間眠っていた女を目覚めさせたと、せせら笑っている。つまりおまえの宗教は淫らで、悪魔の宗教だと、そう断じているのだ。おれはおまえを無闇に弁護できないのだよ」マキビはしつこく繰り返し、無念の眼差しでわ

たしを見ました。

「ミヤコさまを治さなかったほうがよかったのかな。フジワラや僧侶たちは、ミヤコさまのご恢復が疎ましいのだ」わたしは言い放ち、マキビの虚《うつ》ろな眼差しの奥に潜むものを、ふと考えていました。

マキビはわたしの止《とど》めを刺すような言葉を遣いながら「ときがくるのを待て。今は祆教の布教活動の好機ではない」とわたしを制し、気の長い戦術を使おうとしているのかもしれません。もしもそうであるならば、マキビもフジワラの権力が怖いのです。フジワラこそ善魔だと、マキビは心の奥底で思っているのかもしれません。

わたしはフジワラ一族を火にくべ、浄化したくなりました。

とにかくわかっていることは、大仏の炎は容易に鎮火せず、いつまでも燃え続けていたことだけでした。

二十六

遷都を断念し、平城京に帰る途中、難波宮《なにわのみや》に立ち寄った帝が原因不明の病に襲われました。まるで悪霊が帝を追い掛けているようです。光明皇后はむろんのこと、やっとのことで平城京に戻った貴族も官僚も落ち着く暇がなく、難波宮に呼び寄せられました。医官、薬師も呼ばれました。平城京から僧侶も集められました。畿内の諸寺には薬師如来造立が命じられ、神社に祈禱命令が下されました。

わたしに声を掛ける貴族、官僚はおりませんでした。が、「おまえが持っている薬を全部持って、おれと難波にきてくれ」と、既に平城京に帰還していたマキビが取り乱しながら、急《せ》き立てました。マキビの独断です。フジワラ一族に拒絶されるかもしれませんが、そんなことより、帝の病のほうが心配だったのです。

帝の症状がさっぱりわからないので、ありったけの薬を薬箱に詰めて、マキビが用意した馬に跨《またが》り、マキビに遅れまいと、必死に馬を走らせました。ミヤコさまには何も知らせずに。持病の躁病《そうびょう》でないことはマキビの取り乱し方でわかっていましたが、それ以外は一切不明です。

主だった者総てが難波宮に集められたのですから、だれもが内心、帝の崩御を覚悟していたようでした。

わたしの薬は役に立たないかもしれません。けれども大仏炎上後、わたしに新たな力が備わった感じがあるのです。帝には薬も役に立たない、胡人の医術も無力かもしれない。なのにわたしには少しの不安もないのです。

難波宮に到着し、「ここで待ってくれ」と、わたしをある一室に控えさせ、マキビは帝が臥《ふ》しておられる室に飛んでいきました。

幾らも経たないで戻ってきたマキビの顔は真っ青です。マキビのほうが病人のようでした。

「どのようなご容態だ？」冷静になれと言いたかったのに、マキビの顔色でわたしも気が重くなり、睨《にら》みつけてしまいました。

「医師が大勢いるが、何の病気かわからぬと言うばかりだ。僧侶たちは経を上げて祈っているが、効き目がない。頭数だけで、何の役にも立たぬ」マキビは医師の不甲斐なさと最悪な事態におろおろしています。

「症状を言ってくれ」わたしは平常心を取り戻していました。

「医師が言うには、嘔吐と下痢の繰り返しだそうだ。何も喉を通らないらしく、衰弱する一方で、呼吸も弱々しい。顔色は青黒く、唇は白い」

「ご病気になられる前、どのようなものを召し上がったか、わかるか？」

マキビがカッと目を見開き、こんなところでもたもたしていられない、一刻も早くおまえに帝を診《み》てもらいたい、だが、上の者の許可が下りていないのだとその目で言って、

「待ってくれ。聞いてこよう」と、急ぎ足でまた去っていきました。

わたしは控えの一室で苛立《いらだ》ちながら、待つよりほかありません。

いやに長いな。

わたしは焦っていました。

ようやくマキビが戻ってきました。

「帝が何を召し上がったのか、医師は知らぬと言う。それで料理人に聞き出してきた。料理人は魚だと答えた。難波の海の魚は旨い。紫香楽や平城京は山の中ゆえ、旨い魚が食えない。朝も晩も大して火を通さず、生に近い魚をあれこれ、葱《ねぎ》といっしょに召し上がったそうだ」

その食べ方は異常です。生き腐れに気づかず、足の速い魚を食べたことも考えられます。躁病に罹《かか》ると気は大きく乱れ、ひとつのものに固執する癖が現れます。長安にいたとき、わたしはそのような人を見ています。

「わしが診る。わしの診断を医師に伝える。いいか」

「わかった。診てくれ」

わたしとマキビは立ち上がり、わたしはマキビの後ろに随いていきました。

マキビの話から、疫病でなければ多分……、おおよその見当はつけていました。もしもわたしの見立てが正しければ、薬はあります。運の良い帝だ。しかし、そうでなかった場合は、胡人の薬を使うことはできません。帝の運は、恐らくここで尽きる……。

ミヤコさまの場合と違い、患者は畏れ多くも帝です。が、ここは命を懸けなければという覚悟が、どういうわけか、わたしに纏《まと》わりつかないのです。

それにしても、母親のミヤコさまとご子息、帝の重病に拘わってしまうとは……。これは祆教に深くのめり込んだわたしの天命だ。盟友といえども、マキビはそこがわからないようだ。

ゲンボウが診ると、マキビがナカマロに話を通してくれました。マキビの案内で、わたしは臥しておられる帝のお側に進みました。

帝の症状は、マキビの言った通りでした。わたしは医官に、便の色を尋ねますと、

「最早血の色です」との答え。

「息の匂いはどうか？」と尋ねますと、

「それは……」と言い淀み、身を縮めました。帝に顔を近づけるなど畏れ多いこと、とてもできません、と医官は言っているのです。

わたしは構わず帝の口に鼻を近づけました。はなはだしい悪臭です。額に手の平を当てますと、かなりの高熱です。

「わたしの診断を申し上げます。魚の毒が体の中を巡っております。悪くすれば、体の水があらかた抜けて……」と言いかけて、後の言葉を呑み込みました。

「魚と言われましても……。新鮮な魚ばかりで……」意外なことを。いくらなんでも、それは納得できないという医官の口振りです。

「血合《ちあい》が中毒を起こしたのです。切り取らずに召し上がったのでしょう。葱もよくありません。生魚と葱の食べ合わせが悪いと、このような中毒になることがあります。帝は胃の腑《ふ》や腸に難がありますので、特に注意が必要です」

「血合と葱の食べ合わせですか？　料理人の手落ちだ」医官は、料理人をすぐにでもここへ、と言わんばかりです。

「そのようなことを心得た料理人はおりません。これから学べば良いことです」わたしは医官を宥《なだ》めました。

「……治療法はあるのですか？」医官が眉を寄せて訊きます。

「持参しました」

「まこと、ですか？」帝の命は救いたいが、医官の面子《めんつ》は潰《つぶ》れると、心の揺れと闘っている口調です。

「帝をお治しするのが先決」わたしは平然と言いました。

「……どのような薬ですか？」明かしてくれないと困る、という表情です。

「時間がありません。説明は後ほど。急いで椀に半分ほど湯を入れ、持ってきてください」

医官の面子など無視して、わたしは薬箱から薬を取り出し、持ってこさせた湯に溶き、帝に服《の》ませました。

いっときほどして、熱が少し下がりました。青黒い顔に、ほんのり赤みが戻ってきました。血の気のない唇に、微かな赤みが差してきました。足の指を触ると、冷たかった指に、温もりが感じられました。内心、この薬の効果に期待してはいましたが、これほど即効性があるとは。胡人の薬の威力であり、魅力です。

集まっている人々は喜びで、どよめいています。マキビがにじり寄ってきて、わたしの手を握りました。

それから三日三晩、わたしは帝のお世話をしました。胡人の特殊な薬物を医官に任せるわけにはいきませんから。それに薬は、魚の毒を消すムカデ、西域の砂漠に棲《す》む爬虫《はちゅう》類、昆虫の内臓《はらわた》など多種類の生きものでつくられていると知れば、帝にそのようなわけのわからぬゲテモノを……と責められ、咎《とが》められるかもしれません。

医官は見る見る恢復していく帝を目の当たりにして、是非とも薬の正体を教えてくれと詰め寄りました。が、わたしは既につくられた薬を大切に保管していただけであって、胡人が虫や爬虫類のどの部分を、どのように組み合わせ、混ぜ合わせて、食あたりの特効薬をつくったのかまでは知りません。

「長い間、唐土で学んでおりましたとき、わたしの師から戴いた薬です。帝の命をお救いできたのは何よりです」己の非力に胸を痛めている医官に、わたしは無難に答えたというより、そうとしか答えられませんでした。

帝の食中毒は四日目に恢復しました。

恢復後の食事は、特に注意を払わなければなりません。わたしは、ここの料理人に、脱水した帝にどのように水分を与えていくかが恢復の決め手になるので、料理人がまず口に含んで「甘くて旨い」と感じる淡い塩水をつくり、少量ずつ頻繁に帝に飲んでいただき、それから棗粥《なつめがゆ》を差し上げよと命じ、唐土から持ってきた日干し棗の入った布の袋を手渡しました。料理人は宝物のようにそれを両の手で受け取って、

「中を見てよろしいでしょうか？」と訊いてきました。わたしが頷くと、料理人は口紐《くちひも》を解《ほど》いて袋の中に手を入れ、何粒か大きな赤棗を手の平に載せて、じっと見詰めていました。

「初めて見るものです」

「日干し棗と言って、優れた薬なのだ。唐土の北部で取れる大きな棗が薬になる。胃の気を平常にし、血の流れを良くする。そのまま食べても良いが、衰弱されている帝には強すぎる。ひと粒入れた粥をつくってくれ。棗は噛まなくてもよいくらい柔らかくなるまで煮る。棗粥は血の流れを正常にし、気分を落ち着かせる栄養価の高い食べものだが、大事なことを伝えておく。棗と葱は相性が悪い。葱は絶対に使ってはならない」

「承知いたしました。帝はご恢復される日まで、ここ難波宮にご滞在されるとのことです。ずっと棗粥でよろしいのでしょうか？」

「帝はもう二、三日で元の体に戻るはずだ。その間は棗粥にしてくれ。もっとご滞在されるようなら、必ず火を通した菜をお出しするように。芋は特に良い」

「承知いたしました。ゲンボウ僧正さま、この棗は頂けるのですか？」料理人は大棗の入った袋を両手で胸のあたりまで上げて、恐る恐る申し出たのです。

「むろんだとも。三日分と言わず、十分取っておけ」

料理人の肩がすっと下がりました。料理人は体を硬くして、相当緊張していたようです。血合を切り取らず、葱まで添えてしまった無知が招いた大失態に怯《おび》えきっていた料理人が気の毒になり、ついでにわたしは言い加えておきました。

「青魚は生き腐れと言って、足が速い。そのような生魚と葱は食べ合わせが悪く、胃の腑や腸が弱い体質の者は腹を傷める。しかし魚毒がすっかり消えた後なら、葱は体を温める効果がある。ところが、いつ魚毒が消えたか、見極めがむずかしい。今は薬で魚毒が消されているが、体のどこかに毒の残骸が潜んでいるかもしれない。そのようなときは薬の力に頼るより、食事で体力を恢復させながら無毒にしていくのが良いのだ。葱の食べ方ひとつだけでも覚えておくと役に立つぞ」

「ありがとうございます。棗粥で帝がお元気になられるのを早く見たいものです」

「唐土ではこんな言い方をしている。桃は三年、梨五年、棗はその年、金《きん》になる。桃や梨が体に良いといっても、木を植えてから実がなるまで三年も五年も掛かっては、病人は待てない。その間に死んでしまうかもしれない。しかし棗はすぐに実をつける。しかも毎年実をつけてくれるありがたい上薬《じょうやく》なのだ。そなたも具合が悪いとき、ひと粒食べるとよい。食べものに触る者は、常に生き生きした気を巡らせておかなければならないからな」

二十七

この出来事で、帝のわたしへの信頼は一段と高まりました。帝の信頼が深ければ深いほど、多くの貴族や官僚はわたしへの反感を強め、帝の恢復は諸寺が薬師如来を造立したからだ、神官が夜を徹して祈願したからだ、写経の霊験によるものだと言い立て、わたしの薬の力を認めようとはしませんでした。

それればかりではありません。わたしへの誹謗《ひぼう》は日を追うごとに、恐ろしい内容に変化していきました。

ゲンボウの医術や薬学は祆教と深く関わっている。ゲンボウは仏教を廃し、人民に祆教を伝えようと策謀している。祆教は魔教であり、淫らな宗教である。大仏の炎上は、ゲンボウが祆教を使って呪詛《じゆそ》したのだ。燃え上がる大仏の中に、ゲンボウは飛び込もうとしたというではないか。ゲンボウを押さえ、助けた男の話では、「ああ、涼しい火だ」と――。

明らかにわたしを潰そうとしている誹謗です。首謀者はだれか？　わたしはマキビに内偵を頼みました。

この調査は厄介だったようで、手間取りました。そのはずです、マキビの将来にも大きく関係する反対勢力の動きですから。

苦労の末、マキビは首謀者はフジワラノナカマロであると掴んで、報《しら》せてくれました。

わたしとマキビが失墜すれば、その影響は当然タチバナノモロエに及ぶ、そこにナカマロの計算がある、というのがマキビの見方でした。

「実はな、光明皇后は帝を裏切り、ナカマロと密かに通じていたのだ。病弱で気まぐれな帝に女盛りの皇后の不満は募り、堂々たる体軀で眉目秀麗《びもくしゅうれい》なナカマロに惹《ひ》かれていったようだ。フジワラの再興を虎視眈々《こしたんたん》と狙うナカマロにとって、皇后と手を組むことは願ってもない。ゲンボウは大夫人と情を交わしているなどと、よく言えたものだ。とにかくナカマロは目下、政権の最高位にいるモロエさまとおれとゲンボウの関係を粉砕しなければ、フジワラの復活は困難と考えているのは確かだ。モロエさま、ゲンボウ、おれは鼎《かなえ》の三本の足。一本が壊れれば、残る二本では、上の器は支えられない。まず壊すべき最初の足は……?」わたしとミヤコさまのふしだらな関係は帳消しだとでも言うように流暢《りゅうちょう》に話していたマキビが、いきなり口を閉ざしました。わたしはマキビの後を躊躇《ちゅうちょ》なく続けました。

「おれか?」

「……おまえを誹謗している目的は、そこにあったのだ」

「評判の悪い坊主のほうが潰しやすいということか」自分が狙われているというのに、わたしは他人事《ひとごと》のように言っていました。

「ナカマロよ、おれたちを見くびるな」マキビが吐き捨てるように言います。マキビの自負心でしょうが、わたしにはそう聞こえませんでした。

「ナカマロと光明皇后は情を交わしている仲か……」わたしが呟《つぶや》きますと、政治家からひとりの男の口調に変わり、

「おまえも同じだろ?」とマキビが懲《こ》りずに蒸し返しました。

「ミヤコさまはわたしの命と同じだ」わたしはきっぱりとマキビに告げました。

「大夫人はおまえに抱かれて、どんどん元気になられた。病気を治すのは、医術や薬だけではだめだということだな。しかし反対派は、僧のおまえが病気治療を利用して大夫人に淫らな行為を迫ったと見ているのだ」

風雲急を告げる今は自重しろ、としつこくマキビが警告します。

「男と女は淫らな生きものなのだ。淫らな行為が上薬になるときもある」

「そうやって開き直るな。おまえに何か起きれば、おれもモロエさまの立場も危うくなる。ゲンボウ、ここはあくまでも唐土で学んだ医術、本草《ほんぞう》学と料理法で大夫人の病を治したということで、おれは押し通す。おまえも心しておいてくれ。祆教は医学も本草学も呑み込んだ宗教だと布教しても、今のこの国には無理だ。理解できる者はいないだろう。時機を待て。今失敗すれば、永久におまえの祆教は日の目を見ないぞ」

「病気で苦しむ者を救うのに、今日も明日もない」

「国の動きを見ろ。おれはおまえの命が大事なのだ」
マキビの目から放たれた鋭い光が、わたしの目に突き刺さりました。
「おまえを道連れにはしない。今一度言おう、おれを見捨てていいぞ」逆にマキビに覚悟を強《し》い、「何もかもフジワラの憎悪だ。まったく恐ろしい執念だ」とナカマロの目鼻立ちの整った顔に隠されているもうひとつの、蛇のようにぬめぬめとした面相を、わたしは思い浮かべていました。

この先どういうことになるのか、マキビには強気な態度を崩さないでいてほしいものの、わたしはどう行動すればよいのか、心の中に墨色の雲が渦巻いていていました。

朝廷内のモロエ派に対するナカマロの巻き返しは激しく、陰険でした。

陰険な矢の最初の標的は九分九厘わたしのようでした。

ナカマロは朝廷内の反モロエ派の者たちの耳に、ゲンボウは幻覚を起こす薬を使って大夫人を治療し、病気を恢復させたと流布しているが、果たして大夫人の病は真《まこと》恢復したのか、内道場に引き籠っておられるので、疑わしい。帝には奇妙な薬を服ませ、ご恢復したことを良いことに、権力の拡大を企《たくら》んでいる。真に怪僧である。仏教を退け、悪魔の宗教を広めんがために、大夫人を操っている妖僧である、などと執拗に吹き込んでいるのです。これに頷《うなず》き、納得する連中も連中ですが、ナカマロの言い触《ぶ》りも巧みらしい。

それにしても、なぜナカマロが、幻覚を起こす妙薬のことを知っているのか？

発信者はただひとり、料理人です。わたしの信用を得ている料理人の気の緩みからでしょう、ミヤコさまの料理人が難波宮の料理人にうっかり喋った。料理人の口から薬のことが漏れ、やがてナカマロの耳に入った……。そうとしか考えられませんでした。調理法を教えてもらった自分のことを自慢したくて、料理人同士であれやこれや語り合ったのでしょう。薬に関しては料理人に一切教えてはいませんが、煎じているわたしを見ています。屈託ない料理人同士の好奇心と向上心から交わした話が、裏目に出てしまったのです。政治家は何だって利用するのです。

わたしを葬る陰謀を宮廷内で着々と進めながら、ナカマロは手堅くギョウキを動かしていました。紫香楽宮の焼け跡から大仏塑像の欠片《かけら》を集め、水路と陸路を使って平城京に運ぶ大仕事を、既に命じていたのでした。

遷都に関しては帝はふらふらしておりましたが、大仏造立は帝の悲願です。ナカマロはモロエとマキビの先手を打っていたのです。

二十八

政治家たちの企みなどご存じない帝はナカマロの機転を褒《ほ》め称《たた》え、ギョウキの土木建設技術と組織力を称賛し、わたしを飛び越えて、ギョウキを大僧正に叙しました。ギョウキを小僧呼ばわりしていたマキビにとっては、青天の霹靂《へきれき》だったようです。

マキビはモロエと手を組んでいます。が、モロエがマキビに近づいたのであって、モロエと討ち死にする気などマキビにはないのです。骨の髄《ずい》まで信じられる政治家の友をつくれないことが、マキビの決断力を鈍らせていると、わたしには感じられてなりません。大仏炎上事件が大いに絡んでいるからでしょうが、とにかく周囲を観察しすぎるマキビの手法が、取り返しのつかない現実を招いてしまった瞬間でした。

「ナカマロにしてやられた。ナカマロは光明皇后と深く結びついて、おまえを大安寺から追い出そうとしているらしい」追い詰められたような声でマキビが話してくれました。

「帝の反応はどうか？」

「帝を死の淵《ふち》から連れ戻したのはおまえだ。なのにそんなことは忘れてしまったように、帝はギョウキの人格と無私の働きを高く評価しておられる」

「それが躁病の特徴だ。派手なほうに気が移るのだ」帝を恨んでも恨み損。持っていき場のない憤怒で内臓《はらわた》が煮えくり返りましたが、やがてそんな自分が滑稽《こっけい》に思え、ミヤコさまのお側に飛んでいきたい衝動とわたしは懸命に闘っていました。

「目の前の一大事を他人事のように言うな。手を打たないと……」わたしの悶《もだ》えなど想像できないまま、マキビはわたしと自分の身を心配しています。

マキビはモロエと保身の作戦を立てるでしょうが、ふたりに対するナカマロの恨みは根強いはずです。どのような攻撃を計画しているのか、わたしは推測できませんが、モロエやマキビよりわたしへの攻撃が先になることは明らかなようでした。

覚悟はしていたものの、攻撃は早々に訪れました。わたしは筑紫《つくし》、大宰府の観世音寺造営の別当《べっとう》（長官）に任命されたのです。身分を別当に貶《おと》されての左遷です。マキビの予想通り、ナカマロのモロエ勢力切り崩しの開始でした。が、権謀術数渦巻く中央にいるより、むしろ遠く離れた大宰府から祆教を広めるほうが手っ取り早いかもしれないと、新たな熱が腹の底からじわじわと湧いてきてもいたのです。

その感情はさておいても、わたしが大宰府へ遠ざけられる事態に、モロエがナカマロに異論を唱えなかったのは予想外でした。恐らく僧正のわたしを飛び越えて大僧正の座に就いたギョウキにモロエは鞍替えしたのだと、わたしは直感しました。モロエは義に生きない男なのでしょう。

そこへいくと、フジワラ家の血ひと筋に生きるナカマロはわかりやすい。風を読み、身の振り方を変えるモロエに身分の低いマキビが抗議しても、切り捨てられるだけです。背後でわたしを支える役目に徹したマキビの力に、限界がきたようです。

わたしはミヤコさまとお別れをする前に、マキビに会いました。

「唐土で学問していたころが懐かしいな」マキビが遠い彼方を見ているように目を細めます。

わたしは過去の思い出には触れず、

「おれの次はおまえだ。ナカマロは、おまえをもう一度遣唐使船に乗せて、唐土へ行かせるかもしれないぞ。あの嵐に勝つ運がおまえにあればいいがな」

「遣唐使船に乗ることは、もうないだろう。それよりモロエさまの政府がいつまで続くか……」マキビは、自分の足元がぐらつき始めていると感じているのです。

「恐ろしく濃いフジワラの恨みの血が続く限り、あくどい権力争いはやまない」

「……おまえと別れるのは辛い」マキビが声を忍ばせて言います。

「マキビ、おまえとはもう二度と会えないだろう」わたしはマキビの辛そうな目をじっと見詰めました。

「帰ってこい。もう一度、都に戻ってこい」落胆を隠し、自分を奮い立たせるようなマキビの声音《こわね》です。

わたしはマキビの肩を軽く叩いて別れ、その足で調理場に行き、料理人にミヤコさまの夕餉の指示をしました。今日の夕餉は、青鮑《あおあわび》の焼きものと肝の蒸しもの、干し於朋泥《おほね》の煮もの、豆腐、粥です。二、三日のうちに筑紫へ旅立つわたしは、ミヤコさまとこれが最後の夕餉になります。

鮑はミヤコさまを故郷の海へ誘《いざな》う食べものです。とりわけ新鮮な青鮑を料理人に求めさせておきました。唐土で習得した豆腐の作り方は料理人に伝授済みですが、今日は一番おいしい食べ方を教えなければなりません。

「そなたとは長いつき合いをしたが、今日が最後だ」

「本当でございますか？　なぜでございますか？　教えていただきたいことがまだたくさんございます」丸い目をさらに丸くして、瞬《まばた》きもせずにわたしを見詰める料理人には迫力がありました。正直が迫力になっていたのでしょう。

「坊主のわしが知っていることなど、そうたくさんはないのだ。新鮮な食材をじっと見ていると、どう料理すれば旨いか、わかってくる。工夫してくれ。そなたならできる」

料理人は俯いたままです。わたしの激励など半分も頭に入っていないような、必死に何かを考えている様子です。やがて顔を恐る恐る上げて、

「わたしが食材を求めて走り回っているのを難波の料理人が知りまして、ゲンボウ僧正から教わっていると、つい調子づいて言ってしまいました。そのことでゲンボウさまにご迷惑が……」

「どういうことだ？」料理人が何を告白しようとしているのか見当はついていましたが、わたしは料理人の口で言わせたかったのです。

「ゲンボウさまが帝の食中毒をお治しになった一件で、あらぬ非難がゲンボウさまに浴びせられたと聞いております。火元は自分です。料理人同士、気を許してしまい、よく知りもしないで、薬のことまで話してしまいました。そのことで、ずっと悩んでいました」料理人が

途切れ途切れに明かしました。

「そのようなこと、気にするでない。そなたが身につけた料理はだれにでも伝え、工夫を加えて発展させてほしい。料理は命の源だ。大切にしてくれ。さあ、心を清らかにして、大夫人の夕餉に取り掛かろう」

「はい」料理人は頭を完全に上げてわたしの目を真っすぐ、しっかり見詰めました。

「鮑は塩を振りかけ、両の手でよく擦《こす》り、ぬめりを取ってから丁寧に洗い、再び表と裏に塩を振ってから焼く。鮑の中心部まで焼いてはならない。半生状態に焼くのだ。こうすれば、香りが中に閉じ込められて、実に旨い。程好い厚さに切って、お出しするように。肝は塩茹《ゆ》でにしてくれ。肝の色をよく覚えておくといいぞ。このように深い緑色をしているのは、海草を食べているからだ。肝には海草の養分が豊富にあるのだ。豆腐は湯の中で温める。芯まで熱を通してはいけない。芯がほんのりあったかいくらいが、一番旨いのだ。旨味の真髄は淡《たん》にある、つまり甘味、辛味、酸味、苦味、鹹味《かんみ》のどの味も際立ってはいけないと、わしは唐土で腕の良い料理人に教わった。食材の特徴を殺してしまうような濃い味にしてはならないということだ。よいな。於朋泥の煮物は、前に細く切って干したものがあるな？　それを使う。水に浸けて柔らかく戻したら、その水で茹でる。寒いこの季節は醬《ひしお》を多めに、塩は少なくする。暑い季節は逆にするのだ。酒をほんの少量加えてもいい。甘味は於朋泥の戻し汁から出たのでいいだろうが、足りないと感じたら砂糖を使いなさい。砂糖は貴重なものだが、最後の夕餉になる今宵《こよい》は、遠慮なく使え」
「承知いたしました。一生懸命お作りします」

二十九

酉《とり》の刻にはまだ間がありますが、いつものように料理人に膳を持たせて、宮殿内のお部屋においでのミヤコさまを訪ねました。

久しぶりにお目にかかるミヤコさまはおやつれになっていました。煩《わずら》わしい噂を耳にされているからでしょうか。でもわたしにはやはり麗しいミヤコさまです。

「夕餉を楽しみましょう」わたしは笑みを浮かべました。ミヤコさまは何も言わず豆腐に箸をつけられ、

「ぬくもりがあって、口の中が気持ちがいいわ」と言われました。

「料理人の腕です。鮑もどうぞ」

「前は熨斗《のし》鮑《あわび》でしたね」と言い、柔らかく焼いてある身をひと切れ召し上がってから、肝を口にされました。ミヤコさまは優雅に、軽やかに箸を動かされています。それを見ているだけで、わたしに喜びが湧いていました。

「潮の香りはいかがですか？」病気治癒のための琥珀《こはく》色の熨斗鮑から生鮑の焼きものへと調理を変えていることにミヤコさまが気づかれたので、わたしは故郷の香りですよ、と仄《ほの》めかしました。

わたしも肝を食べました。海の匂いをふんだんに含んだ味もさることながら、ミヤコさまとわたしの体の中に同じものが入って、同じようになれていくのが嬉しくて、ついわたしは感傷的になっていました。

夜の闇が室内を包みました。わたしは明かりを灯したくありませんでした。

「ゲンボウ、どうかしたの？」乳木《ちぎ》も焚《た》かない、明かりも灯さないわたしを不審に思われたのでしょうか、ミヤコさまが浮かない声を出されました。

「海の底のように暗く静かな場所で、ミヤコさまに故郷の香りを味わっていただきたい、ただそれだけでございます」わたしの返答に嘘はなかったのですが、ミヤコさまはご不満のようでした。

「わたしの両親はとうの昔に死にました。故郷は産みの親のいるところ、わたしにもう故郷はありません」

「故郷はどこにもないと……」

「いいえ、魂の安らぐところが、わたしの新しい故郷です。ゲンボウの心がわたしの故郷です」

「……」

もう黙っていられなくなりました。ミヤコさまが漠然と不安を感じているのがわかります。わたしの神経が落ち着きを失いました。

「ミヤコさま、これはお別れの夕餉です」わたしは声を絞り出しました。

「……今度はどこへ行くのですか？」ミヤコさまの声に悲しみが溢れました。

「筑紫の観世音寺です」

「どうして、そのようなところへ？」

「フジワラノナカマロがわたしを遠ざけたいのです」

「ゲンボウがどのような悪いことをしたというのですか」

「悪いことをしなくても、気に入らない者は悪人になってしまうのです。それが政治なのです」

「ここにいたくはありません。いっしょに行きます」

「わたしもそうしたい。しかし許されることではありません。あなたは帝の母上なのです」

「母の身など、とうの昔に帝に捨てられています。ゲンボウが行ってしまったら、どう生きたらいいのですか？」

「命を大切にしてください。わたしの体の大事なものを入れた薬をつくりました。命を存《なが》える薬です。いつまでも美しく若々しいミヤコさまでいてほしいのです。それを服めば、ミヤコさまのお側に必ずわたしが現れると信じてください」

「鼠の革袋の香水ですか?」そのようなものはほしくありませんと、ミヤコさまは目で拒んでいます。

「いいえ、そのようなものではありません」わたしはきっぱりと言い、竹筒を懐《ふところ》から取り出しました。好麻にわたしの性を練り込んで青い新鮮な竹に詰め、月の光に七夜当ててつくった妙薬です。祆教を信じる胡人の言い方によれば、体も魂も良き方向に進む薬です。竹は大安寺の庭のひと節を使いました。真っすぐに伸びていく竹の中は空《くう》。そこにわたしの命を詰めました。

わたしは竹の筒をミヤコさまの手に載せて、その手を握り締めました。

「ミヤコさまとわたしを結びつけるものは、今日の夕餉の味と香りです。この妙薬をお服みになり、今日の夕餉の味と香りを思い出してください。あなたのお側にわたしがいると、おわかりになるはずです」

それからわたしはミヤコさまを力の限りに強く抱きました。闇に馴れたわたしの目に、ミヤコさまのお顔が明るく照らし出されました。目を閉じられているミヤコさまに、わたしは囁きました。

「わたしが筑紫に発ちましたら、帝は盧舎那仏《るしやなぶつ》を造立されるはずです。黄金色に輝く大仏です」

「ゲンボウの代わりを、だれがするのですか」

「大僧正ギョウキでしょう」

「……紫香楽は焼け野原のままですか？」

「その跡に、栄養をたっぷり蓄えた土が出来て、さまざまな虫が生まれ、植物が生えてきます。それを食べる者は幸運です」

「ゲンボウはおかしな人ですね。あなたの大仏が焼けてしまったのに、悔やまれないのですか」

「わたしの神が火を放ったのです。後悔などあろうはずがありません。帝の建立される仏殿は、それはそれは大きな、みごとなものになるでしょう」

ミヤコさまの頭の中を言葉が去来しているようで、何か言いたげな表情をされていましたが、それを振り切るように、

「仏殿の名は？」と、目を潤《うる》ませて訊かれただけでした。

「都の東に建立されるようで、名は東大寺とか」

「盧舎那仏、東大寺……、随分な散財になりますね。一枝の草、一握の土の喜《き》捨《しゃ》を呼びかけないことには、幻の大仏になりそうですね」絹糸のように細い声ですが、目には何か強い意思が現れています。

「必ず完成します。帝をお産みになられ、三十数年もの長い間お体を病み、美しく復活され

たミヤコさまです。神仏がミヤコさまをお見捨てにならなかった証《あかし》です。ミヤコさまのお顔そっくりの仏像が、仏殿にお入りになるのです。そのお顔に民衆は救われましょう。ミヤコさまとわたしの永遠の平安がそこにあると思ってください」

きれいな月光がミヤコさまの横顔に射し、暗い室内に一輪の白い花を咲かせています。木々の葉を嬲《なぶ》りながらすぎていく風の音が、遠くに聞こえます。

筑紫に着任し観世音寺造営の仕事を適当にこなしながら、わたしは刺客《しかく》の影をふとしたときに感じていました。気の回しすぎならばいいのですが、そうではなく、確かに感じるのです。ナカマロが差し向けているのか、それともわたしとマキビを失脚させることに失敗したヒロツグの残党かは不明ですが、怪しい者たちがわたしを狙っている気配があるのです。ナカマロとヒロツグは濃い血で結ばれています。ですから、どちらがわたしの命を奪おうとしているかなど、最早考えるのは意味のないことでした。

観世音寺落慶供《らっけいく》養会《ようえ》の日まで、もう時間がありません。暗殺者は落慶供養の日を狙っている気がしてなりません。

わたしはほとんど眠れない夜を過ごしました。眠れぬ夜に、ミヤコさまを思いました。襲ってこない睡魔が、ありがたいほどでした。

観世音寺建立に従事する者たちは「ゲンボウ長官は悪霊に取り憑《つ》かれている。目は火を噴いているように血走り、恐ろしくて近づけない」と口々に囁いていています。観音さまが乗り移っていると言う者はだれもおらず、悪霊と言われたのですから、わたしの形相《ぎょうそう》はそれほど凄まじかったのでしょう。

落慶供養会は五日後に迫っています。命の時間とミヤコさまへの思いと祆教への執念が、わたしの中でせめぎ合っていました。

わたしの全情熱を投入して広めたかった祆教をフジワラの政略で無にさせるわけにはいかない。そのためには、頭も心も冷静にしなければ……。

祆教の力こそ必要だと認めさせるには、どんな方法が残されているのか、言葉が頭を駆け巡っています。

ミヤコさま、わたしがおつくりした妙薬をお服みになり、いつまでも艶やかで健やかなお体でいてください。病に怯《おび》え、老いを憎む帝もフジワラも、艶やかなミヤコさまをご覧になれば、ゲンボウの教えは誤りではなかったと悟られるでしょう。あなたが美しくあること、あなたが健やかであること、それがわたしの存在の証なのです。祆教は、鬱陶《うっとう》しい体とつき合いながら生きる者の宗教、生きるための教えなのです。

わたしが着任した次の年の天平十八年（七四六）、正面の南大門、その先の中門、その先に建つ講堂は一直線に並び、中門と講堂は回廊で囲まれ、回廊内の東側に五重塔を、西側に金堂を配した見事な伽藍の観世音寺が完成し、落慶供養会の日を迎えました。開眼師《かいげんし》を務めるのはわたしです。

赤みがかっていた空を、海のほうから射してくる六月の光が青く染め、みごとに晴れ渡った日です。

「ああ、良い日だ。これほどに良い日は久しぶりだ」

青く澄んだ夏の空を仰ぎ、腰輿《こし》に乗ったときの爽快な気分は、かつて味わったことのないものでした。刺客など、わたしの妄想だ——そう自然に感じさせてくれる空の色であり、光のやさしさでした。

落慶供養会式典が厳かに、華やかに執《と》り行われ、間もなく終わろうとしたときのことです。一点の雲とてなかった青天のどこから湧いてきたのでしょうか、黒い濛々《もうもう》とした雲が暴れ狂う龍さながらに天空を覆い、晴れ渡っていた空が見る見るうちに掻き曇りました。雷鳴が遠くで響いています。僧たちが空を見上げました。

遠くで響いていた雷鳴が、どんどん近づいてきます。僧たちは不安を隠しきれず、ざわつき、蒼い顔で天に向けて経を唱え出しました。重い黒雲が低く垂れ、一瞬にして夜の暗さに変わり、冷たい風が唸《うな》り声を上げて吹いてきました。法衣がぱたぱたと、風に煽られる幡《はた》のように音を立てています。法衣の袖が顔に絡みつき、僧たちが往生しています。

「不吉の前触れだ」

「めでたい日に、めっそうもないことを口にするな」

「式典は終わったも同じだ。大事に至らぬうちに引き揚げよという仏のお告げだ」

口々に僧たちが言い、騒いでいます。

「ゲンボウ長官、仕舞いにされてはいかがでしょう」

「いや、あの雲が、この風が、われわれをどうしようとしているのか、見届ける」その場を動く気にはなれなかったわたしは突如激しい空気の揺れを感じ、反射的に、

「来たか」とひとこと吐き出しました。

この者たちはどこから湧き出てきたのか？　わたし目掛けて走り寄ってくる男がひとり、またひとり、見開いたわたしの目に映りました。わたしは、

「ナカマロか、ヒロツグの手の者か？」と大声を上げました。

留学僧として唐土で生活していたときも、遣唐使船が暴風雨に遭《あ》ってなお無事に帰国できたときも、胡人と交流し食と薬を学び、その知識と経験でミヤコさまの病を治癒させたときも、帝の食中毒を治したときも、良い運がわたしにぴったり貼りついていると信じられたものです。が、現実は、わたしが気づかぬうちに幸運は少しずつ離れて、巧妙にすり抜けていったということでしょうか。

男は無言のまま刀を抜き、冷たく鋭い目でわたしを睨みながら斬りつけてきました。

刻《とき》が止まりました。

龍が大空《だいくう》を影絵のように飛翔しています。

微《かす》かな呼吸をひとつ吐き出したとき、わたしの手が届くほど間近まで真っすぐ下降し、澄みきった海のような龍の目に、わたしは吸い込まれそうでした。その瞬間、わたしの脳裡を、涼しい微風に乗って、言葉が通りすぎていった後から、思わず笑みがこぼれました。

――ミヤコさま、あなたへの想いは何よりも大きいものでした。目に見えない大切なものが、今も、これからも、あなたとわたしの中に棲んでいます。これでいいのです。これでよかったのです――。

(それから)

わたくし料理人が伝え聞きますところによりますと、ゲンボウさまの首がフジワラの氏寺《うじでら》、奈良興福寺山門前に転がっていたのだそうです。

筑紫、観世音寺落慶供養会の場にいた若い僧は、そのときの光景を「黒雲が太い綱のように降りてきてゲンボウ長官に巻きつき、瞬く間に攫《さら》っていきました。あれは化け物です。それとも、龍だったのでしょうか?」と語ったそうですが、わたくしはそれは龍であろうと思います。

ゲンボウさまの予見通り、マキビさまは二十年ぶりの第十二次遣唐使船に乗せられて、唐土に渡りました。五十八歳の高齢になっていたそうです。

ゲンボウさまの死から六年後の七五二年、印度《インド》の婆羅門僧菩提僊那《ばらもんそうぼだいせんな》を導師として、大納言ナカマロさま以下フジワラ家の面々が勢揃いし、東大寺毘盧舎那仏開眼供養会が盛大に行われたということです。わたくしは見ることはできませんでしたが、そこにゲンボウさまの魂がいると思いました。ギョウキ大僧正は大仏鋳造中に没しました。

大夫人は平城京内北東の片隅に建つ海龍王寺に住まわれました。その寺は、なんでも仏教繁栄のために光明子さまが建立されたのだそうです。偉い方のなさることは、わたくしが如き料理人には皮肉に映るものですが、故郷の海を彷彿《ほうふつ》させるような海龍王寺と名づけられたその寺で、大夫人はゲンボウさまの後世を弔《とむら》いつつ、お過ごしになられたようです。

祆教も、紫香楽宮の大仏が火に包まれた事件で悪魔の宗教と決めつけられ、ゲンボウさまの死と共に消えてしまったようですが、わたくしはゲンボウさまに学んだ命の源の料理を作るだけです。そこにもゲンボウさまの魂が生きておりますので。

（完）

あとがき

『源氏物語』以前の物語文学に興味を持っていたわたしは、紫式部が「物語の出で来《いでき》はじめの祖」と表現した『竹取物語』はだれが、何を目的に書いたのだろうかと、そんなことが気になって、繰り返し読んでいたとき、ある閃《ひらめ》きが頭を過《よ》ぎりました。これはひとりの僧侶とひとりの海女《あま》の愛の物語だったのではないか。僧の名前は玄昉（作中はゲンボウ）、海女の名前は宮子（作中はミヤコ）、そして作者は玄昉ではないかしら？

調べていくうちに新たに興味を持ったものがありました。奈良時代の薬と料理です。

帝モンムと結婚させられたミヤコはオビトノミコを出産後、精神を病み、三十数年間、引き籠り生活を送ります。留学僧ゲンボウは唐土《もろこし》から平城京に帰るやいなや、ミヤコの病を治せと、藤原家から命令されます。ゲンボウはミヤコを唐土から持ち帰った秘密の薬と食事で治療し、恢復させてしまいます。しかし薬草と食事だけで恢復させたとは思えなかったわたしは、ゲンボウはミヤコを、ミヤコはゲンボウを心から愛してしまったのではないだろうか、愛が病を治したのではないかと気づかされ、『竹取物語』とはおよそ関係のない『炎魔』の構想が出来上がり、文芸誌『こころ』への連載を始めることが出来ました。

ゲンボウは長安滞在中、西域の胡人と交流し、火を神と崇《あが》める祆教《けんきょう》に衝撃を受け、日本に広めようとしましたが、祆教をふたりの愛に絡めて想像しているうちに、彼が唐の都から持ってきた医術、薬学、料理にわたしの興味は移ってしまいました。ミヤコを治そうとひとりの僧が懸命に作った八世紀の料理を、ここでは日本料理の基本と設定し、あれやこれや調べているうちに、贅沢にして乱れた食生活が原因でさまざまな病気を抱えている現代のわたしたちが忘れてしまった大切なことを、古代の食べものが語りかけているようにも思いました。

歴史上の出来事は変えられませんが、その時代の日本人が何をどのように考え行動したか、史実と史実の間を自由に想像することから、新しい物語は生まれます。平城京を舞台に物語を創っているとき、わたし自身しばしば古代の空気を吸いながら、ゲンボウやミヤコと語らい合っているような感覚を覚え、その感覚が未来ともつながっていくような心地よさを味わっていたのです。その感覚を大切にしたくて、作中の人物をカタカナ表記にしました。漢字表記にすると、時代に縛られて、現代を考え、未来へ続くであろう歴史の味わいを損なう気がしたのも、人名をカタカナ表記にした影響かもしれません。

連載中に友人の作家、村田喜代子さんがマメに意見や感想を言ってくださり、助けられ、励まされました。また、今わたしができることをしっかりやっているかどうかの判定を的確に下しながら、大らかに、ときどきユーモラスに長丁場をおつきあいくださった編集部の山本明子さんに心より感謝します。

二〇一六年十一月　　　　左能典代

参考資料

『日本書紀』下　坂本太郎・家永三郎・井上光貞・大野晋校注「日本古典文学大系」岩波書店
『眩人』松本清張　中央公論社（昭和五十五年発行版）
『遣唐使』東野治之　岩波新書
『観世音寺の歴史と文化財』石田琳彰　観世音寺
『平城京の時代』坂上康俊「シリーズ日本古代史４」岩波新書
『藤原氏千年』朧谷寿　講談社現代新書
『食物本草』中村璋八・佐藤達全　明徳出版社
『新註校定国訳　本草綱目』第七、九冊　春陽堂書店
『たべもの起源事典　日本編』岡田哲　ちくま学芸文庫
『アヴェスター原典訳』伊藤義教訳　ちくま学芸文庫
『宗祖ゾロアスター』前田耕作　ちくま学芸文庫
『唐詩選』上・下　吉川幸次郎・小川環樹編　ちくま学芸文庫
『味覚三昧』辻嘉一　中公文庫
『中国食物事典』洪光住監修　田中静一・小川久恵・西澤治彦編著　柴田書店

初出＝『こころ』Vol.25〜Vol.31（二〇一五年六月〜二〇一六年六月）

左能典代（さの ふみよ）
一九四四年、静岡県生まれ。立教大学文学部卒業。出版社勤務後、世界各地の取材旅行を開始。帰国後、企画制作オフィス設立。八八年よりお茶による日中文化交流サロン「岩茶房」を主宰。著書に『ハイデラパシャの魔法』（新潮社、新潮新人賞）、『プラハの憂鬱』（講談社現代新書）、『中国名茶館』（高橋書店）、『岩茶のちから』（文春文庫PLUS）、『青にまみえる』（新潮社）などがある。

炎魔《えんま》
二〇一六年十一月七日 初版第一刷発行

著者 左能典代
装幀 毛利一枝
発行者 西田裕一
発行所 株式会社平凡社
〒一〇一-〇〇五一 東京都千代田区神田神保町三-二九
電話〇三-三二三〇-六五八三〔編集〕
〇三-三二三〇-六五七三〔営業〕
振替〇〇一八〇-〇-二九六三九
印刷 株式会社東京印書館
製本 大口製本印刷株式会社
DTP 平凡社制作

ISBN978-4-582-83745-2
NDC分類番号913.6 四六判(19.4cm) 総ページ256
平凡社ホームページ http://www.heibonsha.co.jp/
乱丁・落丁本のお取替は直接小社読者サービス係までお送りください（送料は小社で負担いたします）。

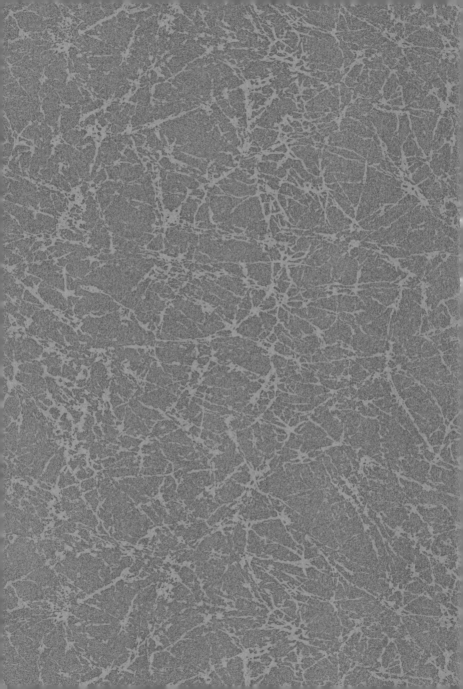

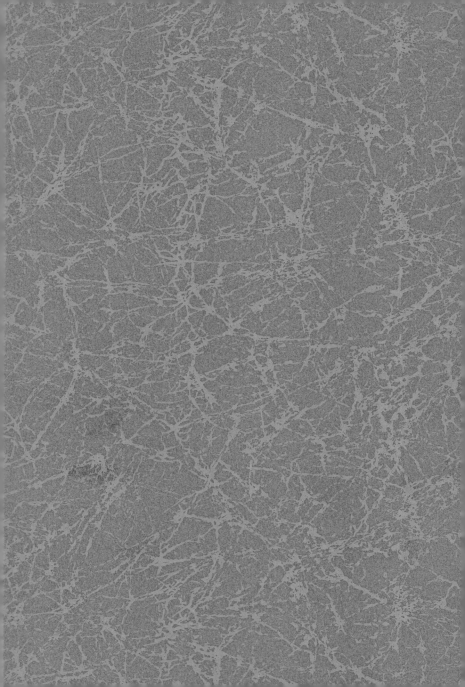